然而，很美

爵士乐之书

But Beautiful

A Book about Jazz

[英] 杰夫·戴尔／著

孔亚雷／译

浙江文艺出版社
Zhejiang Literature & Art Publishing House

版权合同登记号：图字：11-2021-250号

图书在版编目（CIP）数据

然而，很美：爵士乐之书 /（英）杰夫 · 戴尔著；孔亚雷译. —杭州：浙江文艺出版社，2022.10（2024.8重印）

ISBN 978-7-5339-6950-9

Ⅰ.①然… Ⅱ.①杰… ②孔… Ⅲ.①随笔—作品集—英国—现代 Ⅳ.①I561.65

中国版本图书馆CIP数据核字（2022）第138119号

责任编辑 周 易
装帧设计 棱角视觉
责任印制 吴春娟
营销编辑 宋佳音
数字编辑 姜梦冉 诸婧琦

然而，很美：爵士乐之书
[英] 杰夫 · 戴尔 著 孔亚雷 译

出版发行 浙江文艺出版社
地 址 杭州市环城北路177号
邮 编 310003
电 话 0571-85176953（总编办）
0571-85152727（市场部）
制 版 杭州天一图文制作有限公司
印 刷 杭州富春印务有限公司
开 本 787毫米×1092毫米 1/32
字 数 153千字
印 张 8.75
插 页 4
版 次 2022年10月第1版
印 次 2024年8月第4次印刷
书 号 ISBN 978-7-5339-6950-9
定 价 62.00元

就像亲吻眼泪

孔亚雷

苏珊·桑塔格说："优秀的作家要么是丈夫，要么是情人。"托尔斯泰，丈夫。陀思妥耶夫斯基，情人。契诃夫，丈夫。博尔赫斯，情人。略萨，丈夫。村上春树，情人。杰夫·戴尔？显然是情人。这不仅是因为他的作品迷人、性感、富于诱惑力，更因为它具有作为情人最根本的特征：把欲望摆在道德的前面。不，应该说，把欲望摆在一切的前面。这一切包括：金钱，名望，学术资格，作为一个作家的职业前途（所以我们迟至今日才注意到他），以及——写作本身。他写一本书就像在谈一场恋爱，而这场恋爱的目的绝对不是婚姻。这是一种标准的情人式写作：他迷上某个主题，然后便穷追不舍，然后耳鬓厮磨，然后两情相悦，直到最后——将其抛弃，换另一个主题。那也许就是为什么杰夫·戴尔的作品虽然动用了多种令人生畏的后现代文学工具（比如元叙事，碎片拼贴，黑色反讽），却依然带给我们一种生理性的舒适和愉悦（即使——或者应该说尤其——当他在描述不适和不悦时），因为它们没有任何功利性，没有那种做作的文学野心，它们的本质是一种对纯粹欲望的追寻，一种对激情被彻底耗空的需求，一种极乐生活指南。他的代表作之一，一部关于 D.H.劳伦斯——又一位情人式作家——的非常规传记，《一怒之下》，就是个绝妙的范例。

“多年前我就决心将来要写一本关于 D.H.劳伦斯的书，向这位让我想成为作家的作家致敬。”杰夫·戴尔在《一怒之下》的开头写道。每个作家都有一个让他（或她）想成为作家的作家，一个父亲式的作家。他们之间常常会有一种类似血缘关系的亲近、继承和延续。跟劳伦斯一样，杰夫·戴尔也出身英国蓝领阶层家庭（生于 1958 年，父亲是钣金工，母亲是餐厅服务员），他们甚至在长相上也很相近（“我们都是那种窄肩膀、骨瘦如柴的男人，劳伦斯和我”）；跟劳伦斯一样，大学（牛津大学英语文学系）毕业后，杰夫·戴尔没有如父母所期望的那样跻身“安稳而受尊敬的”中产阶级，而是成了一名四海为家、以笔为生的自由作家；跟劳伦斯一样，无论是在文学上还是地理上，他都竭力远离英格兰的严肃和阴霾，在为美国“现代图书馆版”《儿子与情人》所写的前言中，他这样总结劳伦斯：“……经过一系列的波折，他最终觉得自己‘不属于任何阶层’；经过多年的游荡，在任何地方都觉得自己像个陌生人，他最终觉得‘在任何地方……都很自在’。”显然，这段话同样可以用来形容杰夫·戴尔自己。

事实上，这段话也可以作为对《一怒之下》奇异文体的一种解读。这部关于D.H.劳伦斯的非学术著作，既像传记又不是传记，既像小说又不是小说，既像游记又不是游记，既像回忆录又不是回忆录，它的这种“四不像”文体，最终让人觉得它“不属于任何文体”；而这也许正是因为，经过多年的文学游荡，杰夫·戴尔发觉自己对任何一种特定文体都感到陌生、不自在，以至于他最终创造出了一种“对任何文体都很自在”的新文体——一种融合，或者说超越了所有特定文体的后现代文体，一种反文体的文体。

所以，虽然书中的“我”一再声称要写一部“研究劳伦斯的严肃学术著作”，但最终却写成了一部既不严肃也不学术，而且让人从头笑到尾的黑色喜剧。它仍然是关于劳伦斯的，不过更准确地说，是关于“想写一部关于劳伦斯的书却没有写成的书”。最终，这本书成了一部充满失败的流水账，一部焦虑日记，而它的魅力则源于所有叙事艺术的本质：关于他人的痛苦。跟《猫和老鼠》一样，它满足了我们的虐待狂倾向（施虐兼受虐），它让我们觉得好笑、欣慰，甚至鼓舞，就像纪德说陀思妥耶夫斯基日记中反复出现的各种痛苦和折磨——贫穷、疾病、写作障碍——让他觉得激励，因为"尽管如此，他还是写出了作品"。

同样，尽管**如此**，他还是写出了这本关于劳伦斯的书。不仅如此，杰夫·戴尔还用他那自由自在的新文体，用如香料般遍洒在文本中的对劳伦斯作品的摘录、描述和评论，为我们勾勒出了一个独特的D.H.劳伦斯。我们从中得到的不是一个伟大作家干瘪的木乃伊，而是他留给这个世界的一种感觉，一种精神——一阵裹挟着劳伦斯灵魂的风。在书的结尾，主人公再次剖析了自己为什么对写一本关于劳伦斯的书如此感兴趣，原因是"为了让自己对此完全不再感兴趣"。然后他接着说，"一个人开始写某本书是因为对某个主题感兴趣；一个人写完这本书是为了对这个主题不再感兴趣：书本身便是这种转化的一个记录。"

这句话可以说是对杰夫·戴尔写作生涯的完美总结。迄今为止，他出版过三部随笔集，四部小说，以及七部无法归类——"不属于任何文体"——的作品。他的小说给他带来的声誉非常有限，他的文学影响力主要建立在那六本反文体，或者说超文体的"怪书"上。这些怪书分别关于爵士乐、世界大战、D.H.劳伦斯、旅行、摄影、电影，以及航空母舰。如果说这些看上去毫无联系的主题有什么共同点，那就是它们都曾让杰夫·戴尔"如此感兴趣"，以至于要专门为它们写本书，以便彻底耗尽自己对它们的兴趣——然后转向另一个兴趣。

在杰夫·戴尔的写作中，"兴趣"，或者说"欲望"，是个核心的关键词。他最好的作品都源于兴趣，源于热爱，源于一种强烈的欲望，源于对愉悦、对快乐——对极乐——顽强而孜孜不倦的渴求。他回忆说，当他刚大学毕业时，"以为当作家就意味着写小说，要不你就是个评论家，评论作家写的小说"。然后他发现了罗兰·巴尔特、本雅明、尼采、雷蒙德·威廉姆斯和约翰·伯格，于是意识到"还有另一种当作家的方式"，他用威廉·哈兹里特的话来形容这种方式："无所事事地闲逛，读书，欣赏画作，看戏，聆听，思考，写让自己感到最愉悦的东西。""还有什么生活比这更好吗？"他感叹道，"这种生活最关键的一点就是闲逛，在学院派的门外闲逛——不想进去——不被专业研究的条条框框捆死。"上面的六本"怪书"显然就是这种"闲逛"的产物。虽然它们的主题都相当专业，都谈不上新鲜(而且已经被多次出色地阐释过)，但还是让我们耳目一新：那些漫游般的视角，恣意生长的闲笔，令人惊艳的描绘……如果说学院派的学术专著像宏伟规整的皇家园林，那么杰夫·戴尔就是一座无拘无束、杂乱无章的秘密花园，里面充满了神秘、惊喜，以及生机勃勃的野趣与活力。

这本《然而，很美》，便是他那六部“怪书”的开端。被《洛杉矶时报》称为“也许是有史以来关于爵士乐的最佳书籍”，它无疑是杰夫·戴尔至今最为精美，同时也是最受欢迎、影响力最大的作品。

在一篇名为《破门而入》的随笔中，他回忆了自己在美国新泽西的爵士乐研究学院查找资料时遭到的诘问，“他（图书馆员）想知道我在写的这本书是不是有关爵士乐史。不是，我说。传记？不是。好吧，那么它究竟是什么类型的书呢？我说我也不知道。”他确实不知道——也不想知道。在《然而，很美》的序言中，他说，“当我动手写这本书的时候，我并不清楚该采取怎样的形式。这点很有好处，因为这意味着我必须即兴发挥，于是从一开始，主题的基本特性便赋予了写作一股活力。”所以，不管这是什么类型的书，这都是一本充满爵士乐即兴精神的书，一本闲逛式的书。打开它，你就像走进了一座藏在城市角落的小型爵士乐博物馆（当然，是私人性质的)，里面只有七个不大的房间，每个房间都属于一位爵士音乐家，房门上用漂亮的花体写着他们的名字：莱斯特·扬。瑟隆尼斯·蒙克。巴德·鲍威尔。本·韦伯斯特。查尔斯·明格斯。切特·贝克。亚特·派伯。你一间一间逛下去。与常见的博物馆展厅不同，这里几乎没有任何资料性的说明或展品，也没有专业的讲解员。但有音乐，有家具，有明暗摇曳的光线，光线里飘浮着尘埃般的回忆。每个房间都弥漫着自己独特的气氛：有的温柔，有的迷幻，有的忧伤，有的狂暴……你坐下来，让身体陷入沙发，你闭上眼睛，你能听见音乐，你能**看见**音乐……

这就是它给人的感受。因此，这本书不是研究的结果，是感受的结果。它的写作不是源于学术上的需要，而是源于情感上的需要——源于爱。在上述的同一篇随笔中，当被问到他有什么资格去写一本关于爵士乐的书——既然他既不是音乐家，也不是音乐评论家——杰夫·戴尔回答说："什么资格都没有，我只是爱听。"所以并不奇怪，从结构到内容，这本书都散发出典型的爵士乐气质：既遵循传统，又勇于创新；既严谨，又自由；既随心所欲，又浑然天成。它的主体由七个篇幅差不多的部分组成，每部分都聚焦于某一位爵士音乐家，之间再用艾灵顿公爵电影片段般的公路旅程把它们串联起来（就像连接七个房间的走廊），最后是一篇作为后记的，条理清晰、语气冷静并极具创见的爵士乐论文（尽管如此，作者还是认为它“只是一种补充，而非与正文不可分割的一部分”——就像博物馆里设计很酷的小卖部）。

这七部分，无论是篇幅还是文体，都让人想到短篇小说——后现代短篇小说。它们由无数长短不一、非线性的片段构成，以一种错落有致的方式连缀在一起。场景，对话，旁白，引用，突然插入的评论，梦……但它们又不是真正的短篇小说，它们缺乏好小说的那种纵深和角色代入感——再说，它们的目的也不是为了变成小说。正如作者在序言中说的：“那些音乐里发生了什么？为了描绘出我心中的答案……最终形成的东西越来越类似于小说。然而，与此同时，这些场景依然是一种刻意而为的评论，要么是对一首乐曲，要么是对一个音乐家的某种特质。于是，应运而生的，既像是小说，也像是一种**想象性评论**。”

这种杰夫·戴尔所独创的“想象性评论”，也许是评论爵士乐的最好方法——尤其是考虑到这本书的出色表现。这主要是因为，从本质上说，爵士乐——或者说音乐，或者说艺术——是无法评论的。艺术是用来欣赏的，不是用来评论的。传统评论存在的目的是为了引诱或引导你去欣赏（就像本文），即使在最好的情况下，它也是次一等的艺术（比如厄普代克的书评）。在后记中，杰夫·戴尔引用了乔治·斯坦纳的话："对艺术最好的解读是艺术。"他接着说："所有艺术都是一种评论。……比如《一位女士的画像》，除去其他种种，本身就是对《米德尔马契》的一种注释和评论。"他这样说是为了说明一点：对爵士乐最好的评论就是爵士乐本身。事实上，这也从侧面说明了另一点：对爵士乐的"想象性评论"就是另一种爵士乐，一种用文字演绎——而不是评论——的爵士乐。音符变成了词语。乐曲变成了场景。（所以我们既能听见，又能看见。）就像爵士乐中的引用和创新，那些场景有的来自真实的轶事，有的则完全是虚构，而且，用作者自己的话说："虚构或变动的成分多于引用。因为在整本书中，我的目的是要呈现出这些音乐家在我心目中的模样，而非他们本来的模样。……即使我表面看上去是在叙述，但其实我并非在描绘那些工作中的音乐家，而是更多地在表达三十年后我初次听到他们音乐时的感受。"

但感受，仅仅是感受，会不会过于轻飘，过于脆弱？杰夫·戴尔用他形容蒙克的话回答了这个问题：

如果蒙克去造桥，他会把大家认为必需的东西一点点地抽掉，直到最后只剩下装饰的部分——但不知怎么他就是有本事让那些装饰品承担起支撑桥梁的重量，因此看上去那座桥就像建在一片空无之上。它应该不可能立得住，但它又确实立住了……

《然而，很美》就像一座蒙克造的桥。它充满了装饰品——只有装饰品。但那是何等精妙的装饰品：艾灵顿公爵和司机哈利在开夜车，“就像汽车是台扫雪机，把黑暗铲到一边，清出一条光的道路”。莱斯特·扬站在法庭上，“他的声音像微风在寻找风”。巴德·鲍威尔的妻子躺在枕头上，她哭泣，微笑，她说，“我耳朵里全是眼泪”。“锡色的天空，石棉般的云。”“城市静得像海滩，车流声像涨潮。”“一阵饥饿的风夺走他香烟的烟雾。”本·韦伯斯特的萨克斯“听上去充满了呼吸感，似乎它根本不是金属做的，而是个有血有肉的活物”。查尔斯·明格斯：“如果他是一艘船，那么大海就挡了他的道。”在阿姆斯特丹，切特·贝克“走过像家一样的古董店，走过像古董店一样的家”，他“站在窗边，望着外面咖啡馆的灯光像落叶在运河上荡漾，听见钟声在黑暗的水面上敲响”。……这样的句子和场景比比皆是，俯拾可得。它们如此美丽，甚至过于美丽，你不禁会怀疑它们是否能“承担起支撑文学的重量”，是否能经受时间的重压。

它们可以。它“立得住”。十多年后的今天，它依然矗立——并将继续矗立。这是一座美丽、坚固而实用的桥，它不设收费站，没有任何限制和门槛，对所有人开放。即使撇开它的实用功能不谈，它本身就是一个艺术品，一个令人赞叹和欣赏的对象，更何况，它还可以把我们带向另一个更加美妙的世界：爵士乐。无论你是不是爵士乐迷，无论你有没有听过那些歌，这本书都会让你想去听一听（或**再**听一听）。比如对几乎每个人都听过的切特·贝克：

> 突然毫无缘由地，她明白了他音乐中温柔的来源：他只能如此温柔地吹奏，因为他一生中从不知道什么是真正的温柔……切特不把自己的任何东西放进他的音乐，因此，他的演奏才会有那种凄婉。他吹出的音乐感觉仿佛被他抛弃了……切特只会让一首歌感到失落。被他吹奏的歌需要安慰：不是因为他的演奏充满感情，而是那首歌自己，感情受伤了。你感觉每个音符都想跟他多待一会儿，都在向他苦苦哀求。

这些句子让你想听，不是吗？而当你听过之后，你会想再看看这些句子。你的心会变得柔软而敏感，像只可怜的小动物。有时你会微笑，有时你会莫名地想哭，有时你会突然想起很久以前的某件事、某个人，有时你会站起来，走到阳台抽支烟。而当你看完，你知道你会再看，你会自信（甚至自豪）地向朋友推荐，你会永远把它留在书架，希望有一天，当你离开这个世界，你的孩子——你孩子的孩子——也会去读它。

就像它是另一部小小的《圣经》。或者，更确切地说，另一部《使徒行传》。莱斯特、蒙克、巴德、明格斯、贝克、亚特·派伯、比莉·哈乐黛……他们是另一种意义上的圣徒。他们无一例外地、宿命般地酗酒、吸毒、受凌辱、入狱、精神错乱（“如此众多四五十年代的爵士乐领军人物深受精神崩溃之苦，以至于可以毫不夸张地说，贝尔维精神病院跟鸟园俱乐部一样，都是现代爵士乐之家”），完全可以——应该——被视为一种献身和殉道。只不过，基督教的保罗们为之献身（并被其拯救）的是上帝，而他们为之献身（并被其拯救）的，是爵士乐。因而，不管他们的人生有多么悲惨，多么不幸，他们仍然是幸福的；不管世界有时显得多么丑陋，多么充满苦痛，然而，它还是很美。正如这本书的标题。它来自比莉·哈乐黛的一首名曲，也来自书中的一段对话：

——什么是布鲁斯？

——怎么说呢，那就像……那就像一个家伙孤孤单单，被关在某个地方，因为卷进了什么麻烦，而那并不是他的错。……他希望有人在等他，他想着自己荒废的人生，想着自己怎么把一切都搞砸了。他希望能改变这一切，但又知道不可能……那就是布鲁斯。

等他说完，她开始更为专注地听音乐，就像一个人凝视爱人父母的照片，竭力想找出某种隐约的相似。

——充满受伤和痛苦，最后她说。然而……然而……

——然而什么？

——然而……很美。就像亲吻眼泪……

再一次，这里回荡起杰夫·戴尔永远的主题：人生的自相矛盾，欲望的悖论，极乐与极痛的不可分割。不管是《一怒之下》中的传记作家，还是《然而，很美》里的爵士乐手，都被他们自己追寻的东西所折磨，所摧残，但同时又被它所拯救，所升华。我们也是。我们每个人。这是生命的法则。杰夫·戴尔的作品为我们提供了一份极乐生活指南，它们从不同的角度指向同一个方向：通往极乐之路。那条路的另一个名字叫“痛苦”。顺利通过它的唯一办法，就是爱，爱你的痛苦——“就像亲吻眼泪”。

目录

献给约翰·伯格

序　言

当我动手写这本书的时候，我并不清楚该采取怎样的形式。这点很有好处，因为这意味着我必须即兴发挥，于是从一开始，主题的基本特性便赋予了写作一股活力。

不久我就发现，自己与传统的评论已经相差千里。那些音乐里发生了什么？为了描绘出我心中的答案，我只能依靠隐喻和明喻——但它们似乎越来越不对劲。而且，由于最简单的明喻也会引起一丝虚构感，没多久这些比喻就自动扩展成了片段和场景。随着我编造出对话和动作，最终形成的东西越来越类似于小说。然而，与此同时，这些场景依然是一种刻意而为之的评论，要么是对一首乐曲，要么是对一个音乐家的某种特质。于是，应运而生的，既像是小说，也像是一种**想象性评论**。

许多场景是源于一些著名的，甚至传奇性的逸事：比如切特·贝克（Chet Baker）被打掉牙。这些片段，作为奇闻逸事，已经成为公共资源的一部分——成为

“经典”。换句话说，而我则将其做成自己的版本，先是对显著的事实稍微简略地加以陈述，接着便围绕它们即兴发挥，有时甚至完全偏离。这或许意味着不太忠于事实，但又一次，它却忠于这种形式所享有的即兴创作的特权。有些片段甚至根本没有事实来源：这些完全虚构的场景，可以被看成一种原创（虽然它们有时会引用一些相关音乐家说的话）。我曾一度考虑，要不要指出在书中我让某人说的话是他在现实生活中实际说过的。最终，出于导致了本书所有其他决策的同样原则，我否决了这一想法。爵士乐手在独奏中经常互相引用：能否听出来取决于你的音乐知识。这对本书同样适用。总的来说，这里虚构的或变动的成分多于引用。因为在整本书中，我的目的是要呈现出这些音乐家在我心目中的模样，而非他们本来的模样。自然，这两种追求通常相差甚远。同样，即使我表面看上去是在叙述，但其实我并非在描绘那些工作中的音乐家，而是更多地在表达三十年后我初次听到他们音乐时的感受。

在后记中，我以一种更加正式的阐释和分析方式，对正文涉及的一些问题进行了重申和展开。它也对近年来爵士乐的发展提出了一些看法。尽管它为正文提供了一种可作参照的背景，但它仍然只是一种补充，而非与正文不可分割的一部分。

然而，很美

关于照片的说明

照片有时会产生一种简单而奇妙的效果：你第一眼看见的东西后来却发现不在那儿。或者，当你再看的时候，你会发觉里面有些最初你没意识到的东西。比如，米尔特·辛顿（Milt Hinton）拍的那张本·韦伯斯特（Ben Webster）、瑞德·艾伦（Red Allen）和皮·威·拉塞尔（Pee Wee Russell）的照片，我以为艾伦的脚是搭在他前面的椅子上，以为拉塞尔吸了一口烟，以为……

真正的画面跟你记忆中不一样，这是辛顿照片的优点之一（这也是所有好照片的共同点），因为虽然它刻画的只是一瞬间，但给人的**时间感觉**却沿着凝固那一刻向前或向后延续了好几秒——就好像要把刚刚发生的或即将发生的也包括进来：本把帽子朝后推推，擤擤鼻子，瑞德伸手向皮·威要了根香烟……

*

即使是描绘“英国战役”或“特拉法加之战”，油画也会导致一种奇特的寂静。而摄影作品一旦形成，就能敏感地发出声响。好的照片可以用来看，也可以用来听；照片拍得越好，听到的也就越多。那些最好的爵士乐照片，里面充满了拍摄对象发出的声音。卡罗尔·莱夫（Carol Reiff）拍的切特·贝克在鸟园（Birdland）舞台上的照片，我们不仅能听到乐手们拥进画面中狭小舞台的声音，还能听到背景中夜总会里的闲聊和碰杯声。同样，在辛顿的照片中我们能听见本在翻动报纸，听见皮·威架腿时衣服窸窸窣窣。如果我们想要解读他们，我们怎能不更进一步，利用像这样的照片，去听听他们究竟说了什么？甚至于，既然最好的照片似乎能从其展示的那一刻延伸出去，我们也许还能听到他们**刚才**说了什么，**接着要说什么**……

在我心目中的模样，而非他们本来的模样……

伟大艺术的制造者并非神灵，而是容易出错的凡人，并常常显得神经质和人格破损。

——西奥多 · 阿多诺（Theodor Adorno）

我们只能听见自己。

——恩斯特 · 布洛赫（Ernst Bloch）

路两边的旷野像夜空一样黑。大地如此平坦，如果你站上谷仓，可以看见一辆车的车灯仿佛地平线上的两颗星，在慢慢向你靠近，直到一小时后，它那红色的尾灯才幽灵般缓缓东去。除了汽车持续的嗡嗡声，一片寂静。黑暗是如此彻底，开车的人不禁觉得马路根本不存在，就像大灯是镰刀，在麦田中劈开一条道，而那些麦子在光的震慑下僵硬地挣扎。就像汽车是台扫雪机，把黑暗铲到一边，清出一条光的道路……他感到自己的思绪正在游离，眼皮越来越重，他用力眨眼，搓揉大腿，以保持清醒。他把速度稳在五十迈，但外面如此辽阔而一成不变，汽车看起来几乎一动不动，好像一艘正在向遥远月球移动的宇宙飞船……他的思绪又开始在旷野上飘忽不定，他想也许可以冒险闭一下眼睛，就闭那么可爱的一两秒——

突然车里充满了公路的咆哮和夜晚的寒气，他吃惊地发现自己刚才差点睡着了。车里瞬间变得冰冷刺骨。

——嗨，公爵，关上窗，我不困了，开车的人说。他看了一眼副驾驶座上的男人。

——你确定可以吗，哈利？

——对，对……

公爵跟哈利一样讨厌寒冷，他只是需要有个确认。他摇上车窗。车里跟刚才迅速冷下来一样开始暖起来。密闭汽车里那种干燥的烘烤般的温暖，是世界上他最喜欢的暖法。公爵说过很多次，公路就是他的家，如果真是那样，这辆车就是他的壁炉。端坐在前座，暖气开得很足，冷冷的风景掠过窗外——对他们俩来说，那就像坐在一栋老房子的扶手椅里，围着火炉，手里捧本书，外面下着雪。

他们像这样一起旅行已经有多少英里了？哈利在心里想。一百万？再加上火车和飞机，距离也许可以绕地球三四圈。也许世界上没有人在一起待过那么长时间，或者旅行过那么远，说不定有数十亿英里。他是1949年买的这辆车，本来只打算在纽约附近开开，但很快就开始带着公爵全美国到处跑。好几次他都有种冲动，想用笔记本记下他们旅行了多远，但总会转而意识到，他是多么希望自己从一开始就记了，而每次这样一想，他便放弃了记录的念头，开始估算大致的里程，开始回忆他们经过的城镇和乡村。没错——他们其实哪里也没去，他们只是经过这个世界，常常在演出前二十分钟才到，结束后过半小时又再次上路。

没做旅行记录几乎是他唯一的遗憾。他 1927 年加入乐队，1927 年 4 月，那时他才十七岁，公爵不得不说服他妈妈准许他离家上路，而不是回学校，公爵施展魅力，按着她的手，对她说的一切都微笑着回答说“对，当然，卡尼太太”，知道他最终会得偿所愿。当然，如果公爵提过那意味着他大半辈子都要花在路上，事情或许不会那么简单。尽管如此，现在回头看，他几乎没有丝毫后悔——尤其是他和公爵开车四处巡演的这些年，就像这次。全世界都热爱公爵，而他却一直默默无闻；但这么多年过去，他比任何人都了解公爵，这本身就是一种报酬——钱简直是一种额外的奖励……

——怎么样，哈利？

——没问题，公爵。饿了？

——我的肚子从罗克福德就咕咕叫了。你呢？

——我还行。我留了几块昨天早上的炸鸡。

——那一定非常美味，哈利。

——反正很快就要停车吃早餐了。

——很快?

——大概还有二百英里。

公爵笑了。他们计时用的是英里，而不是小时，他们已经习惯了长途跋涉，一百英里经常处于想撒尿和停下撒一泡之间。二百英里则通常意味着第一波饥饿袭来到真正停下吃饭——就算碰见五十英里内唯一的餐馆，他们也会照样继续开。你是那么地渴望停车，以至于几乎停不下来：一桩必须被无限推迟的享受。

——到了叫醒我，公爵说，他用帽子在座位边沿和车门之间做成一个枕头。

莱斯特·扬

Lester Young

安静的黄昏，白天下班的人已经回家，晚上到鸟园的人还没出现。从旅馆的窗口，他看着百老汇在心不在焉的小雨中变暗，变得油腻。他倒了杯酒，把一张辛纳特拉（Sinatra）的唱片放进唱机……摸摸没响的电话，然后又飘回窗边。很快风景就被他的呼吸模糊了。他碰了碰自己朦胧的映象，就像那是一幅画，他用手指沿着自己的眼睛、嘴巴和头勾出湿漉漉的线条，直到看见它变成一个潮湿的骷髅图案。他用手腕把它抹掉。

他躺倒在床上，柔软的床垫只陷下一点，这更证实了他的感觉：自己正在缩小、枯萎、消失。地上到处是他吃过扔掉的盘子。他像鸟一样这个啄一口，那个尝一点，然后又折回窗边。他几乎不吃东西，但说到食物，他有自己的偏好：中国菜是他的最爱，虽然他吃得不多。长期以来他只靠酪乳和焦糖爆米花为生，但现在他甚至对它们也失去了胃口。他吃得越少，喝得越多：金酒掺雪莉酒，拿破仑干邑加啤酒。他喝酒是为了稀释自己，让自己更消瘦。几天前他的手指被一张纸割破，他吃惊地发现自己的血居然那么鲜红，那么浓稠，他还以为它们会像金酒那样是银色，里面掺杂着红、浅红，或者粉红。就在同一天，他被哈莱姆的一家夜总会解雇了，因为他没力气站起来。现在就连举起萨克斯也让他筋疲力尽；它好像比他身体还重。甚至他的衣服也比他重。

霍克（Hawk）最终也走上了同样的路。是霍克把次中音萨克斯带进了爵士乐，并确立了它的发音方式：大腹便便，声音洪亮，宏伟。你要么像他，要么什么都不像——这正是大家对莱斯特的看法，他的音调虚无缥缈，恍若在空中滑翔。每个人都敦促他像霍克那样吹，或者换成中音萨克斯，但他只是拍拍自己的头说，

——有东西从这儿冒出来，伙计。你们这些家伙只有肚子。

当他们同台飙技，霍克会使出浑身解数来打压他，但从未奏效。1934 年在堪萨斯，他们一直演到第二天早上，霍克脱得只剩一件背心，想用自己飓风般的次中音把他吹倒，而莱斯特瘫在椅子里，眼神恍惚，经过八个

小时的吹奏，他的调子还是像微风一样轻柔。他们俩累走了所有的钢琴手，一个不剩，最后霍克走下舞台，把萨克斯扔进汽车后座，猛踩油门一路狂奔，开向那晚演出的圣路易斯。

莱斯特的音乐柔软而慵懒，但其中总隐含着某种尖锐。似乎他随时准备放弃，但又知道永不会放弃：那就是紧张的来源。他吹奏时萨克斯斜向一边，当他深深沉醉其中，萨克斯会从垂直向上慢慢升起，直到他开始水平地演奏，就像那是长笛。你会觉得他并没有举起萨克斯；更像是萨克斯变得越来越轻，要从他手里飘走——而如果它真想那样做，他也不会挽留。

很快，选择变得很简单：总统或老鹰，莱斯特·扬或科尔曼·霍金斯（Coleman Hawkins）——就两条路。不管是音乐或外表，他们都不同到极点，但最终他们都迎来了同样的结局：一无所有，黯然消逝。霍克终将靠小扁豆、酒精和中国菜为生，日渐憔悴，一如现在的莱斯特·扬。

*

还没死，他就已经渐渐消失，隐入传统。别的乐手从他身上拿走了太多，他已经所剩无几。现在当他演奏，乐迷会说他是在追着以前的自己苟延残喘，是对那些像他的乐手的拙劣模仿。在一次表现糟糕的现场演出中，有个家伙走过来对他说："你不是你，我是你。"无论去哪儿，他都听见有人吹得像他。他叫所有人总统，因为他到处都看见自己。他曾被踢出弗莱彻·亨德森（Fletcher Henderson）的乐队，因为他吹得不够像霍克。现在他被踢出了自己的人生，因为他吹得不够像自己。

没人能像他那样，像他那样用萨克斯去唱歌，去讲故事。但现在他只有一个故事可讲，那就是他再也无法讲故事。所有人都在替他讲故事。在这个故事里，他最终沦落到阿尔文，望着窗外的鸟园，静静地等死。对这一切他并不太明白，也不再有什么兴趣，除了一点：它开始于军队。不是军队就是贝西（Basie），再以军队结束。一回事。多年来，他一直对那些入伍通知置之不理，靠着乐队Z字形的旅行路线，他总能比军方快上个五六步。然而，一天晚上，当他走下舞台，一个戴着飞行员墨镜、脸像鲨鱼皮的军官向他靠过来，像乐迷索要签名那样，递给他一叠征兵通知。

他出现在入伍登记处，疲惫不堪，房间的墙因发烧而颤抖。他坐在三个严厉的军官对面，其中一个眼睛从不离开面前的档案。这些一脸蠢相的家伙，每天伸着下巴，像擦靴子一样刮胡子。身上散发着古龙水甜美的气息，总统伸直他的长腿，在硬椅子许可的范围内尽可能地让自己接近于平躺，看上去随时都会把他那双雅致的皮鞋搁到对面桌上。他的回答围着他们的提问跳舞，机敏而又含糊。他从双排扣夹克的内袋掏出一品脱金酒，被其中一个官员怒骂着夺走，总统平静而困惑，缓慢地挥挥手：

——嗨，女士，别紧张，酒够大家分的。

体检显示他有梅毒。他醉酒，吸飘，被安非他命弄得晕乎乎，心脏就像一只嘀嘀嗒嗒的手表——但不知怎么他还是通过了体检。似乎他们决心要不顾一切把他送进军队。

爵士乐是发出自己独特的声音，是找到一条与别人不同的路，是从不连续两晚演奏同样的音乐。军队则要求所有人都相似，雷同，难以区分，一样的外表，一样的思想，一样的一切，日复一日，一成不变。所有东西都必须摆得方向一致，棱角分明。他的被单叠得像储物柜铁角那么硬。他们给你剃头就像木匠刨木头，要刨得方方正正。甚至军服也是为了改造体形而设计，为了造出正方形的人。没有曲线或柔软，没有色彩，没有沉默。简直不可思议，短短两周，同一个人突然发现自己身处一个完全不同的世界。

他有着懒散、慢吞吞的步伐，而在这儿，他却被命令齐步走，在操场上来回踏步，脚上的靴子重得像锁链，走到他感觉头像玻璃一样脆。

——摆动双臂，扬。摆动你的双臂。

快叫**他**摆动。

他讨厌所有坚硬的东西，甚至硬底皮鞋。他喜欢好看的东西，喜欢花朵，以及花朵留在房间的气味，喜欢贴身的柔软棉布和丝绸，喜欢吊在脚上的鞋：拖鞋，印第安人的软皮平底鞋。如果生在三十年后，他会成为坎普，生在三十年前，会是一个唯美主义者。在十九世纪的巴黎，他会是个柔弱的世纪末式人物，但如今他却在这儿，被围困在一个世纪中间，被迫成为一名士兵。

*

他醒过来，房间里弥漫着外面霓虹绿色的光雾。那是他睡着时亮的。他睡得那么浅，几乎算不上睡，而只是世界节奏的一种变化，所有一切都飘浮起来，相互分离。当他醒着，有时会怀疑自己在做梦，梦见自己在这儿，在一个旅馆房间里奄奄一息……

他的萨克斯靠着他躺在床上。床头柜上有一张他父母的相片、古龙香水，和他的卷边平顶帽。他看过一张几个维多利亚女孩的照片，她们就戴着这样的帽子，缎带垂下来。不错，很漂亮，他觉得，从此他就戴起了这顶帽子。赫尔曼·莱昂纳德（Herman Leonard）曾来给他拍照，但最后却把他完全踢出了画面，而选择了一幅静物：帽子，萨克斯盒，一缕升上天的香烟烟雾。那是多年以前，但那张照片就像一个预言，随着每一天的过去，随着他融入人们的记忆，而渐渐变成现实。

他开了一瓶新酒，回到窗边，一边脸被霓虹光线染绿。雨已经停了，天空变得清澈。一弯冷月低低地挂在街头。乐手陆续出现在鸟园，拎着乐器盒，互相握手。有时他们会抬头望向他的窗口，他便想他们会不会看见自己，看见他站在那儿，正一只手擦去窗玻璃上凝结的水珠。

他走向衣橱，里面空空荡荡，只有几套西装、衬衫和丁零当啷的衣架。他脱下长裤，把它小心挂好，然后穿着短裤仰躺在床上。随着外面汽车驶过投下的阴影，被略微染绿的墙面在缓缓移动。

*

——检查！

赖恩中尉猛地拉开他的储物柜，朝里面窥视，用他的短手杖——他的魔杖，总统称之为——戳了戳贴在门里侧的照片：一张女人的脸在向外微笑。

——这是你的柜子吗，扬？

——是的，长官。

——这张照片是你贴的吗，扬？

——是的，长官。

——注意到那女人有什么特别吗？

——长官？

——那女人有没有什么地方打动你，扬？

——她的头发里有朵花，是的，长官。

——没别的了？

——长官？

——我看她像个白种女人，扬，一位年轻的白种女人，扬。你觉得她像白人吗？

——是的，长官。

——那你觉得作为黑人二等兵把一张白种女人的照片像这样贴在柜子里可以吗？

他的视线落向地板，看见赖恩的靴子朝他移得更近，碰到他的脚尖。他又翕了翕鼻子。

——听到我的话了吗，扬？

——是的。

——你结婚了吗，扬？

——是的。

——但你没贴你妻子的照片，却搞了张白种女人的照片，好在晚上想着她手淫。

——她是我妻子。

他说得尽可能轻柔，希望减轻其中的冒犯感，但事实的重量赋予它一种带着轻蔑的违抗。

——她是我妻子，**长官**。

——她是我妻子，长官。

——拿下来。

——长官。

——马上。

赖恩站在原地不动。为了靠近柜子，莱斯特不得不绕着他走，就像绕着根柱子。他从耳朵那儿抓住妻子的脸，把胶带慢慢从灰色金属上扯下来，直到相片被撕破，变成他手指和柜子间的一座纸桥。他把它轻柔地放进手掌。

——把它揉碎……扔进垃圾桶。

——是，长官。

平常赖恩羞辱新兵时会有一种肾上腺素激增的权力感，但这次正好相反：他在整个中队面前羞辱了自己。扬的面孔是如此缺乏自尊和骄傲，除了痛苦一无所有，不禁让赖恩怀疑奴隶谦卑的顺从也是一种形式的反抗和挑战。他感到自己很丑陋，因此比以前更加讨厌扬。这跟女人给他的感觉有点像：她们开始哭的时候，他想揍她们的欲望最强烈。以前，羞辱莱斯特就能让他满足——现在要毁了他才行。他从未见过一个男人像这样毫无力量，但却又使力量及其相关的全部概念都显得无用、愚蠢。造反的，犯罪头目，叛徒——都能被制服：他们跟军队正面交锋，被它的铁拳所击垮。不管你有多么强壮，军队都能把你打倒——但对于柔弱，军队却无能为力，因为它完全废除了抵抗的概念，而武力要靠这一概念才能存在。对于弱者，你唯一能做的就是让他们痛苦——对此，莱斯特·扬将深有感受。

*

他梦见自己在一片海滩，酒做的潮水向他涌来，清冽的酒精浪花打在他身上，又嗞嗞地流入沙中。

*

早晨，他看着外面像窗玻璃一样没有颜色的天空。一只鸟儿掠过，他的视线紧紧跟随它飞翔的姿影，直到它消失在毗邻的屋顶。他曾在窗台上发现过一只小鸟，因为某种无法查明的原因，它不能飞了。他把它捧在手心，感觉它心脏温暖的跳动，他护着它，给它保暖，喂它米粒。见它没有恢复的迹象，他便在一个小碟子里倒满波本威士忌，放到它面前，想必起了作用——用尖喙在碟子里啄了几天，它飞走了。现在，每看见一只鸟儿，他都希望是他救过的那只。

那是多久以前？两个礼拜？两个月？他似乎已经在阿尔文待了十年，或者更久，自从他走出禁闭室，离开军队。一切都在不知不觉中发生，很难确切地说他人生的这一阶段是从哪个点开始。他曾说他的演奏分成三个阶段。最初，他专注于萨克斯的上部，他称之为中音的次中音。然后是萨克斯中部——次中音的次中音——接着再向下移到上低音的次中音。他记得自己那样说过，但无法在脑海里确定每个阶段的时间，因为与之对应的各个时期已模糊一片。与上低音阶段相对应的是他从这个世界的隐退，但那是何时开始的？渐渐地，他不再跟那些一起演出的朋友外出，而习惯于一个人在房间里进餐。再然后他完全停止了吃东西，谁也不见，几乎足不出户，除非迫不得已。别人对他说的每个字，都让他缩得离世界更远，直到最终，孤独从一种环境变成了本质——那时他才意识到，那份孤寂，其实它始终都在：它始终都在他的音乐里。

1957 年，他彻底崩溃，住进了金斯县立医院。之后，他就来了这儿，阿尔文，他对一切都失去了兴趣，只会凝视窗外，想着这世界是多么肮脏、坚硬、嘈杂、残酷。幸好还有酒，酒至少让世界在边缘有了一丝光亮。他 1955 年因酗酒进了贝尔维医院，但无论是贝尔维还是金斯他都记得不多，只有一种模糊的感觉，那就是医院很像军队，只是你不用干活。尽管如此，那里还是有一些美妙之处：你躺着，感觉很虚弱，无所事事，也不急着起来。哦，对了，还有件事。在金斯，有个从英国牛津来的年轻医生，给他念了一首诗，《食莲者》（*The Lotos-Eaters*），写的是一群家伙来到一个小岛，决定留在那儿，什么也不干，每天把自己吸飘。他被迷住了——那梦幻的节奏，那缓慢慵懒的感觉，河流像烟一般飘动。那首诗的作者有着跟他一样的声音。他忘了他的名字，但如果有谁想把那首诗录成唱片，他很乐意拿起萨克斯，在诗句间来几段独奏。他经常想起那首诗，却不记得诗句，只记得其中的感觉，就像有人哼起一首歌，却不知到底该怎么唱。

那是 1957 年。他记得日期，但无济于事。问题在于要记得 1957 年是多久以前。但不管怎样，其实一切非常简单：军队之前，生活是甜美的，军队之后，一个永远醒不来的噩梦。

*

破晓寒风中的操练。男人们当着彼此的面大便。食物还没尝就觉得反胃。有两个家伙在他床脚打架，其中一个把另一个的头按在地上不停猛撞，直到血溅上他的床单，而营房里其他人在周围狂笑。清扫铁锈色的公共厕所，双手沾上别人的屎味，擦马桶时朝里面干呕。

——还没干净，扬，把它舔干净。

——是，长官。

夜晚，他重重倒在床上，筋疲力尽，却无法入睡。他盯着天花板，体内的疼痛在他眼里留下紫色和红色的光点。当他睡着，他会梦见自己又回到练兵场，踏步穿过剩下的夜晚。直到军士用短杖敲打他的床脚，哐当声像利斧般劈开他的梦。

他尽可能地让自己飞起来：家酿的酒，药片，大麻，他能搞到手的任何东西。如果他一大早就飞起来，那么这天就会像漂流直下的梦那样滑过去，不知不觉就结束了。尽管害怕，但有时他几乎想笑：一群成人玩着小男孩的游戏，他们痛恨战争已经结束的事实，一心想竭尽全力地玩下去。

——扬！

——是，长官。

——你这愚蠢的黑鬼，混蛋狗杂种。

——是，长官。

哦，多么荒谬。他就算想破脑袋也搞不懂这一切究竟意义何在，像这样不停地被呼来唤去，厉声呵斥……

——你是在笑吗，扬？

——不，长官。

——告诉我，扬，你到底是黑鬼还是皮肤容易乌青？

——长官？

叫喊，命令，指挥，辱骂，恐吓——一连串张开的嘴巴和大嗓门，令人头晕目眩。无论你看向哪儿，都有一张嘴在嘶吼，硕大的粉红色舌头像条蟒蛇在里面伸缩，唾沫四溅。他喜欢悠长的、郁金香花茎式的表达，而军队里全是短促、斩钉截铁的吼叫。声音高到像警棍连续敲击金属。话语自己捏成拳头，元音的指节砰砰猛击他的耳朵：即使对话也是一种形式的欺凌。你不是在列队操练，就是听到别人在列队操练。到了晚上，你的耳里则回荡着白天摔门和靴子跺脚的记忆。他听到的一切都像是某种形式的痛苦。军队是对旋律的否定，他发觉自己在想，如果聋掉，瞎掉，傻掉，什么也听不见，毫无感觉，那该多轻松。

在他部队营房的外面，有片狭小的、什么都不长的院子。地上全是水泥，除了一些细长的硬石土条，它们存在是因为任何植物都无法在上面生存。一朵花要想在那儿盛开，必须像废金属一样丑陋而坚硬。他开始觉得一株野草也像太阳花那么美。

锡色的天空，石棉般的云。兵营上方，鸟儿也不愿飞过。有次他看见一只蝴蝶，感到非常吃惊。

*

他走出旅馆去看电影。在放《她扎着黄丝带》（*She Wore a Yellow Ribbon*）。他已经看过了，但那无关紧要——他或许已经看过迄今为止所有的西部片。下午是一天中最难熬的时分，而电影可以一口把它吞下大半。但同时他又不想下午坐在黑暗里看那些发生在晚上的电影，比如犯罪片或恐怖片。西部片的故事总是在下午，因此他就可以既逃离下午，同时又得到它美好的帮助。他喜欢吸飘了，让影像悬浮在眼前，似乎它们毫无意义。他跟那些老弱者坐在一起，分不清谁是警长谁是歹徒，对银幕上的一切都无动于衷，除了泛白的风景和像马车般驶过沙蓝色天空的云朵。没有西部片，他一天也过不下去，但看的时候他又急切地盼着它放完，不耐烦地等着那些胜负已定的假戏真做快点结束，这样他就可以再次出现在外面的世界，融入凋谢的黄昏。

电影放完时下雨了。他慢慢走回阿尔文，看见阴沟里有份报纸，其中一张上有他的照片。那张报纸像海绵一样吸足了雨水，正在渐渐散开，他的照片被泡涨了，字句渗入他的脸，变成灰色的烂泥。

*

在训练中自伤后，他在医院见了神经心理学部门的头：一个医生，但也是个士兵，经常诊治那些因战斗场面而头脑崩溃的年轻人，而遇到非战斗问题时，他的同情心会大打折扣。他简略听了一下莱斯特那混乱不堪、胡言乱语的回答，确信他是个同性恋，但又在报告中提出了更为复杂的诊断："表现为毒瘾的器质性精神错乱(大麻、镇静剂)，长期酗酒，居无定所……纯粹的纪律问题。"

作为补充，似乎是一种总结，他又加了个词："爵士乐。"

*

他们一起走出酒吧。黛女士穿着白色毛皮大衣，抓着他的胳膊，就像那是根手杖。她一个人住在中央公园，只有她的狗做伴，百叶窗关着，渗进几缕过滤后的光。有一次在她家，他看着她用婴儿的奶瓶喂小狗。他看着她，眼里含着泪，他不是为她难过，他是为自己难过，为那只飞走的、离开他的小鸟而难过。她听自己的旧唱片，是为了听莱斯特，正如莱斯特放那些唱片是为了听她。

已经不知道过了多久，今天是他第一次见人。再也没有人跟他说话，再也没有人能听懂他说的话，除了黛。他发明了自己的语言，单词是音符，说话是歌唱—— 一种糖浆般的语言，能让世界变甜，却无力阻止其前进。世界越坚硬，他的语言越柔软，直到最后，他的话变得像美丽婉转的梦呓，一首迷人的歌，只有黛女士的耳朵能听见。

他们站在街角等的士。的士——她和莱斯特一生在的士和巴士上的时间，大概比许多人待在家里的时间还要多。信号灯挂得像串美丽的圣诞灯笼：完美的红，完美的绿，衬着一片蓝色天空。她把他拉得更近，直到她的脸被他的帽檐遮住，直到她的嘴唇碰到他的面颊。他们的关系就靠这些小小的触碰：嘴唇互相轻轻啄一下，一只手搭着对方的胳膊肘，用她的掌心托着他的手指——似乎它们已不够坚固，无法承受更剧烈的接触。总统是她见过最温柔的男人，他的声音就像裹在女人光肩膀上的披巾，虚无缥缈。所有人的音乐里，她最爱他的，或许在所有人里，她也最爱他。或许对没上过床的人，你总会爱得更加纯粹。他们从不给你承诺，但每一刻都像要做出承诺。她看着他的脸，因为酗酒而略微发灰，浮肿得像海绵，她不禁怀疑，是否从出生起他们就被种下了毁灭的种子，他们也许能躲过几年，但最终还是在劫难逃。酒精，欺骗，监狱。并不是爵士乐手死得早，他们只是老得更快。在她唱过的那些歌里，有多少受伤的女人和她们所爱的男人？在那些歌里，她已经活了一千年。

一个警察走过，然后来了个肥胖的游客，他犹豫着，看了又看，终于下定决心开口，带着德语口音问她是不是比莉·哈乐黛（Billie Holiday）。

——您是这个世纪最伟大的两位歌手之一，他宣称。

——哦，只是之一？另一个是谁？

——玛丽亚·卡拉斯（Maria Callas）。你们没在一起演唱真是个悲剧。

——啊，谢谢。

——而您一定是伟大的莱斯特·扬，他转向莱斯特。总统先生，每个人都想大喊大叫的时候您却用萨克斯喃喃自语。

——叮—咚，叮—咚，莱斯特说，微笑着。

那个男人看了他一会儿，清了清喉咙，然后掏出一个航空信封，请他们俩在上面签名。他笑容满面，跟他们握手，在另一个信封上写下他的地址，说随时欢迎他们去汉堡。

——欧洲，比莉说，看着男人摇摇晃晃地走远。

——欧洲，莱斯特说。

天开始下雨，一辆的士正好停下。莱斯特吻了吻黛女士，帮她坐进去。他对她挥挥手，的士重新汇入闪烁的车流。

离旅馆几条街外，他横穿马路，汽车纷纷从他身边呼啸而过，仿佛他是个幽灵。他不知道这一切是怎么发生的，然而，当他抵达对面的人行道，他回忆起驾驶员惊恐睁大的双眼，尖锐的刹车声，一只手紧按住喇叭不放，直到汽车嗖地掠过——似乎他根本就不存在。

*

在军事法庭上，他觉得很轻松：不管发生什么，都不会比他经历过的更糟——既然他这么成问题，为什么不干脆把他开除？一个不光彩的除名对他来说很合适。一名精神科专家认为他是器质性的精神错乱，不太可能成为合格的士兵。莱斯特发现自己在点头，几乎要微笑：哦，是的，他对此表示同意，非常同意。

然后轮到赖恩登上证人席，他站得就像屁股上顶着一支带刺刀的步枪，他详述了莱斯特被捕的经过。莱斯特根本懒得听：他对事件的回忆清晰得就像月光金酒。那是在营队指挥部的一次操练后，他累得神志恍惚，对一切都感到漠然，他如此筋疲力尽，以至于充满了近似欣喜的绝望。甚至当他抬头看见充血的墙壁，看到赖恩站在面前，他也毫不在意，连眼睛都没眨，他已经对什么都无所谓。

——你好像病了，扬。

——哦，我只是飘了。

——飘了？

——我抽了点大麻，服了点兴奋剂。

——你身上带了毒品？

——哦，是的。

——我能看看吗？

——当然。你喜欢也来点。

手里抓着一堆文件，辩护律师听完了赖恩的证词，然后开始发问。

——你是什么时候，第一次察觉到被告有可能受到毒品影响的？

——他刚入伍我就怀疑了。

——是什么让你怀疑的？

——啊，他的肤色，先生，以及一些实际情况：他的眼睛总是充满血丝，训练不服从命令。

总统的思绪又飘走了。他看见金黄的光线洒进田野，血红的罂粟在微风中摇曳。

当他回过神，发现自己站在证人席上，穿着大便色的囚服，手里抓着一本黑色《圣经》。

——你今年多大，扬？

——三十五岁，先生。

他的声音飘过法庭，像蓝色湖面上一艘孩子的纸船。

——你是名专业乐手？

——是的，先生。

——你在加州的乐队或乐团中演出过吗？

——贝西伯爵（Count Basie）。我跟了他十年。

让法庭上所有人惊讶的是，他们被这声音迷住了，急切地想往下听。

——你吸毒有多久了？

——十年。今年是第十一年。

——为什么要吸毒？

——啊，先生，乐队经常要演通宵。我必须坚持到底，最后奏上一曲才走，那是让我不倒下的唯一办法。

——其他乐手也吸吗？

——对，我认识的都吸……

对他来说，出庭作证——那就像独奏。呼唤与回应。他能感觉到自己吸引了这小小的、人数稀少的法庭的注意力—— 一群真正的庸人，却被他说的每个字迷倒。就像一段独奏，你必须讲个故事，唱出他们想听的歌。法庭上的每个人都看着他。他们听得越全神贯注，他就说得越慢、越轻，让词语悬在半空，停在一句话中间，他那歌唱般的声音令他们陶醉、沉迷，难以自拔。他们的关注突然显得如此熟悉，他甚至以为会听见玻璃酒杯的叮当声，冰块铲出冰桶的咔嚓声，缭绕的烟雾和细语……

军方律师问他，当他去登记入伍时，他们知不知道他有毒瘾。

——啊，我确信他们知道，先生，因为去军队前我不得不打了脊髓麻醉，而我并不想打。等我去了，我总是很飘，他们把我关进监狱，但我太飘了，于是他们拿走了我的威士忌，把我关进软壁牢房，还搜我的衣服。

句子间的停顿。似是而非的关联。声音始终藏在他说话的感觉背后。每个字里的痛和甜蜜的困惑。不管他说什么，光是音调，光是词语间彼此嵌合的方式，就让法庭上的每个成员都觉得，他正在跟自己私下谈心。

——你说你感觉很飘，那是什么原因？是因为威士忌吗?

——对，先生。威士忌，大麻，镇静剂。

——你能解释一下，你说的很飘是什么意思吗?

——哦，我能想到的最好解释就是很飘。

——当你很飘时，它对你有生理上的影响吗?

——哦，是的，先生。我什么都不想做。我不想吹萨克斯，不想身边有人，任何人……

——影响得厉害吗?

——紧张而已。

他的声音像微风在寻找风。

*

他们被那声音诱惑，又痛恨自己经不住诱惑。他们判他一年监禁，在乔治亚州的戈登堡。那里比军队还糟。在军队，自由意味着离开军队；而在这儿，自由意味着回到军队。水泥地，铁门，被粗铁链拴在墙上的金属双层床。就连毯子——粗糙，灰色——也像用禁闭营工厂地上的铁屑编织而成。这里的一切设计，似乎都是为了提醒你，要你脑袋开花是多么简单。在这里，命比纸薄。

砰砰的关门声，刺耳的铃铛。他不让自己尖叫的唯一办法就是哭泣，而为了停止哭泣他必须尖叫。你做的每件事都让事情更糟。他再也无法忍受，无法忍受——但除了忍受别无选择。他再也无法忍受——但即使这样说也是一种忍受。他变得更安静，旁若无人，他想找个地方躲起来，但无处可躲，于是他开始试着躲在自己身体里面，眼睛从脸上往外窥视，就像一个老人的脸透过窗帘缝隙。

夜晚，他躺在床上，看着监狱狭窄窗口间的一小块夜空。他听到隔壁铺位的家伙朝他转过身，他的脸被火柴光映黄了。

——扬？……扬？

——嗯……

——看见那些星星了吗？

——嗯。

——它们不在那儿。

他没说话。

——你听到我说的了吗？它们不在那儿。

他伸手接过香烟，深深地吸了一口。

——它们全都死了。光从那里到这里要走很久很久，等它到了，星星已经没了。烧完了。你在看一些已经不存在的东西，莱斯特。那些存在的，你现在还看不见。

他朝窗口喷了一口烟。那些死去的星星模糊片刻，又再度变得明亮。

*

他把唱片放进唱机，走到窗边，看着低低的月亮在一栋废弃的楼房后移动。楼房的内墙被敲倒了，几分钟后，透过正面破碎的窗口，他清楚地看见了月亮。它被窗口完美地框住，看上去就像在楼房里面：一个斑驳的银盘，嵌在一片砖块的宇宙。他盯住它不放，看着它移出窗口，慢得像条鱼——几分钟后又重新出现在另一个窗口，它在空旷的房子里缓缓漫步，从每扇窗向外凝望。

一阵狂风吹进屋子，仿佛在追寻他。窗帘指向他的方向。他走过咯吱作响的地板，把瓶里剩下的酒倒入杯子。他躺回床上，盯着天花板，它的颜色像云。

他等着电话铃响，期待有人打给他，说他已经死在梦中。他惊醒过来，抓起沉默的电话。但话筒像条蛇，一口吞掉了他的话。床单湿得像海藻，房间里充满海雾般的绿色霓虹。

白天，然后夜晚，每天一个季节。他是已经去过巴黎，还是打算要去？也许是下个月去，也许他已经去过又回来了。他想起多年前，有次在巴黎，他在凯旋门参观无名烈士墓，碑文上刻着 1914—18——想到有人死得那样年轻，至今还让他觉得伤感。

但甚至死亡也已不再是分界。他从床边晃到窗口就能将其穿越。他在生死间来回得如此频繁，以至于他已经不知道自己在哪一边。有时候，就像有人故意掐自己看是不是在做梦，他会去摸脉搏，看自己是不是还活着。通常，他根本找不到自己的脉搏，无论是在手腕、胸口，还是脖子；如果他用力听，则好像能听到一点迟缓的心跳，仿佛远方葬礼上沉闷的鼓点，或者某个被活埋的人，在地下捶打潮湿的泥土。

色彩渐渐从物体上剥落，甚至外面的霓虹招牌也只剩下一点淡淡的绿色。一切都在变白。然后他意识到：下雪了。大片的雪花落向人行道，拥抱着树的枝条，给停泊的汽车铺上白色毛毯。没有来往车辆，没有人走动，没有一丝声响。每座城市都有这样的沉默，像间歇的休眠——但要百年一遇——没有人说话，没有电话在响，没有电视在放，也没有汽车在开。

当嗡嗡的车流声恢复，他放起同一张唱片，然后又回到窗口。西纳特拉和黛女士：他的人生是首即将唱完的歌。他把脸贴上冰冷的窗户，闭起双眼。当它们再次睁开，街道已经变成一条黑色的河流，两岸积满了雪。

他们穿过州界时公爵醒了。他眨眨眼睛，用手摸摸头发，看着外面不变的黑暗。梦的残余还在他脑中融化，让他充满淡淡的伤感。他在座位上调整了一下姿势，因为背痛而发出呻吟。

——开灯，他说，从裤袋里摸东西来写。哈利伸手按亮照明灯，车内立刻充满了黯淡的黄光，使夜晚和公路看上去比刚才更黑。公爵在仪表板边上找笔，然后在一张卷边的菜单角上匆匆记了点什么。他写的音乐比任何一个美国人都要多，而它们大部分都是这样开始的，在信手拈来的随便什么上涂抹一气：餐巾，信封，明信片，麦片盒上撕下的硬纸片。他的散页乐谱如此诞生，也如此结束：原始的乐谱经过几次排练，最终变成粘着蛋黄酱和西红柿的三明治包装纸进入垃圾桶，而音乐的精髓则交由乐队的集体记忆去保管。

他的笔尖在菜单上飞舞，他全神贯注，似乎正在回想刚做过的梦，似乎正竭力要把记忆聚焦得更清楚一点。他刚刚梦见了总统，那是他人生的最后几年，他住在阿尔文的旅馆，对活着已经失去了兴趣。梦中的旅馆不在百老汇，而是在冬日的乡间，被大雪环绕。他记下了那个梦，他有种隐约的预感：那里有东西可以用在他最近在思考的一部作品里，一部有关音乐史的组曲。他以前写过类似的东西——《黑色，棕色，淡棕色》（*Black*，*Brown and Beige*）——但这次的主题集中在爵士乐。并非编年史，甚至算不上真正的历史，而是其他东西。他从小块的片段着手，那些灵光乍现的碎片。他的大作品都是由小作品拼接而成，现在他脑海里浮现的是一系列肖像，并不一定是他认识的人……他还不清楚到底要怎么做，但他能感觉到那个构想在他体内蠢蠢欲动，就像怀孕的母亲感觉到孩子在子宫里第一次蹬脚。他有大把的时间——他总是有大把时间，直到快没有时间，直到离他在写的某个作品首演只有一个礼拜。截止期限是他的灵感源头，时间不够则是他的缪斯。他有些最好的作品就是在截止期快到时像赶飞机一样赶出来的。《靛蓝心情》（*Mood Indigo*）花了十五分钟，是趁他母亲做饭时写的；《黑与褐幻想曲》（*Black and Tan*

Fantasy）是一夜狂饮后去录音室途中在出租车后座上想出来的。《孤独》（*Solitude*）总共花了二十分钟，是他发现少一首歌时站在录音室里憋出来的……对，没什么好担心的，时间多的是。

他一直写到菜单上没有多余的空隙，又在开胃菜和主菜之间挤进了几行，然后把纸笔扔回仪表板。

——好了，哈利。

卡尼按灭照明灯，再一次，映亮他们脸孔的只有仪表盘发出的微光：时速表稳定在五十，油量表一半。

瑟隆尼斯·蒙克

Thelonious Monk

他不喜欢新东西。他喜欢用了很久的东西，就像盲人，哪怕是像刀或笔这样的小玩意，它们让他感到自在。

有天下午我们一起散步，在他家附近的一个街角等红灯——我们总在他家附近。他把手放在一根路灯柱上，深情地拍拍它：

——我最爱的路灯。

街区里每个人都认识他。走进商店，伙计们叫他，嗨，蒙克，你好吗？你去哪儿，蒙克？他含糊不清地回一句，停下跟人握手，或只是在人行道上来回摇晃。他很喜欢这样被认出来——这跟名气无关，这让他感觉家变大了。

*

他和内莉住在西六十街的一套公寓，他俩和孩子们在那儿住了三十年。两次火灾迫使他们搬走，但他们又两次搬回来。公寓里大部分空间都被那架宝贝司坦威钢琴占据了，它挤在烹饪区当中，仿佛一件厨具。他弹琴时背后离炉子那么近，看上去就像随时会着火。不管周围多吵他都无所谓，哪怕他正在作曲。他在嘈杂中创作过非常精妙的作品：孩子们在琴脚边爬进爬出，收音机大声放着乡村音乐，内莉在做饭，而他却一直沉静地工作，仿佛正身处某个古老大学的回廊。

*

——他对一切都无所谓，只要没人来打扰他或内莉；他不在乎有没有人听他的音乐，只要他在弹就行。有六年时间，在他因私藏毒品被捕，丢掉演出执照之后，那个房间几乎就是他唯一弹琴的地方。

*

他和巴德·鲍威尔（Bud Powell）在车里被警察拦

下。其实只有巴德身上有东西，但他呆住了，坐在那儿，手里抓着放海洛因的折纸。蒙克把它从他手上猛地夺过来，让它如蝴蝶般飞出窗外，落进一个小水坑，像小纸船一样漂在上面。

蒙克和巴德呆坐着，看着巡逻车的红蓝警灯在他们周围如直升机般旋转，雨水沿着挡风玻璃上的白色强光淋漓而下，雨刷的节拍器啪啦啪啦响着。巴德全身僵硬，紧绷得像带刺的铁丝网。你能听见他流汗的声音。蒙克已经预知了一切，只等它发生，他在后视镜里看着雨中警察的黑色轮廓向他们蹒跚而来，尽量让自己保持呼吸平稳。一束手电光射进车里，蒙克下了车，一个水坑被他的脚击碎，然后又自动恢复平静，就像有人被短暂地惊醒。

——你叫什么？

——蒙克。

——身份证？

蒙克的手移向口袋——

——小心点，警察示意说，他喜欢故意说得很慢，以显得威慑。

他递过一只里面有演出执照的皮夹，执照上的照片黑得根本看不清是谁。他瞥了一眼车里的巴德，眼里充满雨水和光亮。

——瑟隆尼斯·索菲尔·蒙克（Thelonious Sphere Monk）。是你吗？

——对。吐字清晰，就像吐出一颗牙齿。

——大名鼎鼎。

雨落进血色霓虹的水洼。

——车里的是谁？

——巴德·鲍威尔。

不紧不慢地，那个警察蹲下身，捡起地上的海洛因，看了看，抹了一点到舌头上。

——是你的？

他看看在车里瑟瑟发抖的巴德，又转过来看着警察。

——你的还是他的？

蒙克站在那儿，雨环绕着他落下。翕翕鼻子。

——那么我猜是你的。警察又看了一眼演出执照，像扔烟头一样把它扔进水坑。

——我看你暂时用不上这个了，瑟隆尼斯。

蒙克低头看着雨滴打在他的照片上，深红色湖面的一只皮筏。

*

虽然被捕了，但蒙克从未说过什么。他连想都没想过要出卖巴德。他知道巴德处于什么状态。蒙克是个怪人，能在自己身体里进出自如，而巴德是个废人，瘾君子，酒鬼，大多数时候癫狂得像件里面没有真人的空夹克——他不可能在监狱中幸存。

*

但蒙克能。他在里面待了九十天。他从不谈论监狱。内莉去探视，对他说自己正在尽一切努力帮他出去，但通常她只是坐在那儿，读着他的眼神，等着他回话。他出狱后不能在纽约演出。找份普通工作的想法从未进入他的脑海，他已经做好了无法工作的思想准备，所以内莉去上班。他录了几张唱片，到外地演出了几次，但纽约才是他的城市，他看不出有离开的必要。他大部分时间都待在家。活死人，他称之为。

*

内莉称那些年为空年。空年的结束，是当五点俱乐部(5-Spot）请他去常驻演出，他想干多久都行，只要人们还想见他。内莉几乎每晚都来。如果哪天她不在，他就会变得焦躁、紧张，在每曲之间停顿很久。有时，在一首歌中间，他会打电话回家，嘴里嘟哝着，对话筒做出各种声响，只有她明白那温柔深情的旋律。他会不挂掉电话就回到钢琴前，这样她就能听见他为她弹奏，一曲终了，他又走过去，再投入一枚硬币。

——还在吗，内莉？

——很美，瑟隆尼斯。

——好，好。他盯着听筒，就像手里拿的不是电话，而是什么更普通的东西。

*

他不喜欢离开公寓，他的话也不喜欢离开嘴。话语不是从他的嘴里出来，而是缩回他的喉咙，就像浪花不是冲上沙滩，而是涌回大海。他吞吞吐吐，话语勉强成形，似乎他讲的是外语。他在音乐中从不妥协，只是等着这个世界去理解，他说的话也一样，他只是等着别人去破译他那变调的咕哝和呜咽。很多时候他只靠几个词就够了——妈的，操，呀，别——但他也喜欢说些没人懂的话。他爱在歌名里用复杂的词——薄暮雾霭（crepuscule），异态复原（epistrophy），帕诺尼卡（panonica），秘迷境（misterioso）——复杂，而且晦涩，很难发音，难得让你舌头打结，就像弹他的音乐会让你手指打结。

有时，他会在台上发表一通小小的演说，他的话迷失在唾液的荆棘丛。

——嗨！蝴蝶比鸟儿飞得快？肯定。因为在我住的街区，有许多鸟儿飞来飞去，但总能看见这只蝴蝶，它想飞哪儿就飞哪儿。对。一只黄黑相间的蝴蝶。

*

他最初是一副比波普（bebop）的打扮，贝雷帽配墨镜，但就像音乐，那已经成为一种制服。现在他演出时喜欢穿西装，或者粗呢夹克，尽可能清醒，而与此相抵消的是各种不合逻辑的帽子，被他一戴却显得极其正常——仿佛一顶亚洲农民戴的破旧“软体动物”帽也是一套西装的基本配饰，必不可少，就像衣领和领带。

——帽子对他的音乐有影响吗？

他脸上咧开巨大的微笑。

——不，哈哈。哦，我不知道。也许有……

*

当别人独奏时，他会站起来跳舞。开始跳得很快，一只脚轻踏，打着响指，然后升起膝盖和肘部，旋转着，摇头晃脑，两只胳膊向外伸开，四处乱扭。他看上去总像马上要摔倒。他在那儿转来转去，转个不停，然后突然冲回钢琴，故意让自己头晕目眩。他跳舞时人们大笑，而当他拖着脚走来走去时，像头熊第一次尝到烈酒，大笑更是最自然的反应。他是个风趣的人，他的音乐也很风趣，他说的话大多是玩笑——只是他说得不多。他的跳舞是一种寻找，寻找进入音乐的方式。他必须先进入一件作品，像钻头刺进木头那样深入其中，将它彻底吸收，直到它成为自己的一部分。一旦他吃透了某首歌，对它了然于胸，他便会放开手脚弹，毫不拘泥——但又总是那么熟练，那么直接，因为他已经在那首歌心里，他进入了那首歌。他不是在跟着曲子弹，他在跟着自己弹。

——您跳舞的目的是什么，蒙克先生？您为什么要跳？

——在钢琴前坐烦了。

*

要完全听懂蒙克的音乐，你必须看见他。不管乐队以何种方式组合，其中最重要的乐器都是他的身体。他其实不是在弹琴。他的乐器是身体，钢琴只是一种媒介，让声音能以他想要的速度和高低流出他的身体。如果你把其他东西拿掉，只留下他的身体，你会以为他在打鼓：脚上下踏着踩镲，胳膊此起彼伏。他的身体填满了音乐中所有空隙。只听不看总会觉得少了点什么，而当你看着他，就算钢琴独奏也会像四重奏一样完满。耳朵错过的，眼睛能听见。

他为所欲为，却好像理所当然。他会把手伸进口袋拿出手帕，攥着它，就那样接着弹，用手帕抹去琴键上溢出的音符，然后一边擦脸一边换只手让旋律继续，似乎弹钢琴对他来说就跟擤鼻涕一样简单。

——蒙克先生，请问您对钢琴的八十八个键有何感想。太多还是太少？

——八十八个，够呛。

*

爵士乐有一部分是自发的幻觉，而蒙克弹起钢琴就像他以前从未见过钢琴。从各个角度敲击，用肘部弹，对它猛砍，飞快地滑过琴键，仿佛它们是一副纸牌，手指在上面跳动，好像它们摸起来很烫，或者踉踉跄跄，像个穿高跟鞋的女人——跟古典钢琴比，指法简直错得离谱。一切都从某个出人意料的角度，以不正常的方式出现。如果让他弹贝多芬，并严格按照乐谱，仅仅是他击打琴键的方式，他手指触碰的角度，就会让贝多芬摇摇欲坠，让它摇摆起来，发生内在的转化，变成一种蒙克式的调子。弹琴时他手指张开，平摊在琴键上，指尖看起来几乎是朝上，而非正常的弓起。

一个记者曾就此问过他，关于他敲琴键的方式。

——爱怎么弹就怎么弹。

*

准确地说，他是一个有局限的乐手，有许多他做不到的事——但他能做任何他想做的事。并不是他的技巧限制了他。显然，没人能像他那样弹奏音乐（如果你只是正常地弹钢琴，会有各种你无法做到的小细节），从这点上说，他比任何人都有技巧。总之：他想不出有什么他想做而做不到的。

他弹出的每个音符都像被上个音符吓了一跳，似乎他的手指在琴键上每触碰一下都是在纠正一个错误，而这一触碰相应地又变成一个新的要被纠正的错误，所以本来要结束的曲子从不能真正结束。有时某首歌似乎被翻了个里朝外，或者完全被弹错了。他的双手就像两个壁球手，都想让对方手忙脚乱，是的，他总是自己让自己手忙脚乱。但这其中自有一种逻辑，一种蒙克独有的逻辑：如果你总是弹出让人意料不到的音符，就会产生一种形式感，一种风格，即对先入之见的否定。你总觉得他的音乐在骨子里是很美的旋律，但出来时却前后颠倒，迷失了方向。聆听蒙克就像看着一个人坐立不安，你会感到不适，直到你也开始坐立不安。

有时他的手会在半空中突然停住，改变方向。就像在下棋，他拿起一个棋子，在棋盘上移动，犹豫不决，然后从原本打算要放的位置突然移开—— 一步险棋，几乎让他的整个防线彻底崩溃，而对他的进攻也毫无助益。直到你意识到，他已经改变了游戏规则——如果你赢了，你就输了，如果你输了，你就赢了。这不是搞怪——如果你能像这样玩，那么普通的游戏就显得太简单。他已经厌倦了四平八稳的比波普棋。

或者你也可以换一种方式看。如果蒙克去造桥，他会把大家认为必需的东西一点点地抽掉，直到最后只剩下装饰的部分——但不知怎么他就是有本事让那些装饰品承担起支撑桥梁的重量，因此看上去那座桥就像建在一片空无之上。它应该不可能立得住，但它又确实立住了，刺激正来自于此：那种似乎随时都会坍塌的感觉，正如蒙克的音乐，听起来总像要自我迷失。

那就是为什么它不是搞怪：搞怪是低风险，什么都无所谓。而蒙克的演奏是高风险。他勇于冒险，而搞怪里没有冒险。人们觉得搞怪就是想怎么样就怎么样——但其实搞怪连那还不如。蒙克做任何他想做的事，并把那提高到一个富于原则性的水准，它有自身的逻辑，自身的需求。

*

——瞧，爵士乐里总是有某种东西，它能让你发出自己的声音，而这点好多人也许无法通过别的艺术形式来做到——它们会把他们的个性抹平——就像他们无法当作家，因为他们不会拼写或用标点，他们也画不了画，因为他们不会画直线。但在爵士乐里，拼写或画直线之类的事无关紧要，所以对那帮故事和想法与众不同的家伙，没有爵士乐，他们就没法表达自己内心的胡思乱想。他们任何别的行业都做不好，比如银行职员，甚至水电工：在爵士乐上可能是天才，离了爵士乐便什么也不是。爵士乐可以看见某种秘密，从人们身上发掘出某种绘画或写作看不见的东西。

*

他坚持让伴奏按照他想要的方式来演奏他的音乐，但又不像明格斯（Mingus）那样依赖于伴奏。蒙克和钢琴，那永远是他音乐的核心。对蒙克来说，懂不懂他的音乐比是不是好乐手更重要。他觉得自己的音乐来得如此自然，而竟然还有人感到难以演奏，这让他很不解。在他看来，只要他的要求没有超过乐器自身的限度，他想要任何效果伴奏者都应该做到。

*

——有一次我抱怨说他要求的速度完全不可能。

——你的意思是那样让你没办法呼吸？

——不，但是……

——所以你还是可以。

人们总是对他说自己做不了，而一旦蒙克给他们机会——手上有乐器？好吧，你想用它还是扔了它？——他们就发现自己可以。他会让你觉得，身为一名音乐家却不能随心所欲，那太蠢了。在台上，他会演到一半时站起来，走到某个乐手旁边，对他耳语几句，然后又坐回来继续弹，他永远都不慌不忙，在舞台上逛来逛去，一如他的双手在乐曲上逛来逛去。他做任何事都那副德行。

——别再那样狗屁吹法，伙计。摇摆起来，如果你吹不了别的就吹旋律。始终保持节奏。不要因为你不是鼓手就不敢摇摆。

一次霍克和柯川读谱时有地方不明白，去向蒙克求助。

——您是科尔曼·霍金斯，次中音萨克斯的发明者，对吧？而您是约翰·柯川（John Coltrane），对吧？音乐就在萨克斯里，你们俩加一起应该能把它请出来。

大部分时候，对于希望我们怎么做，他说得很少。我们问他两三遍也得不到回答，就像被问的不是他，是另外的人，用的是另外一门语言。于是你意识到，在问他问题的同时，其实你一直知道答案。

——这些音里我应该敲哪个？

——随便哪个，他最终说，声音含糊得像漱口。

——还有这儿，这个 C 是升半音还是本位音？

——啊，其中之一。

他把自己所有乐谱都藏得很紧，不想让别人看见。他把一切都藏得很紧。他出门喜欢裹得严严实实——冬天是他的季节——也不爱逛得太远。在录音室，他把乐谱记在一个小本子上，不愿给其他人看，录完就把它塞回衣服口袋，藏起来。

*

白天他散步，沉浸在自我的世界，考虑他的音乐，看电视，想作曲就作曲。有时他一连四五天都走来走去。先在街上走，朝南最远走到第六十街，朝北最远到第七十街，朝西最远到哈德孙河，朝东则过三个街区，然后他渐渐缩小他的运行轨道，一直缩到绕着他住的街区走，然后再缩到绕着他公寓的房间走，贴着墙，一步不停，不坐，也不碰钢琴——然后再一口气睡上两天两夜。

还有些天他会被困在各种事物中间，那是因为过日子的语法，把世界粘在一起的句法，突然全都分崩离析。他迷失在词语里，动作里，连穿过一道门这么简单的事都不会，公寓变成了迷宫。他想不起事物的用途，物体与其功能间的联系不再自动出现。进入一个房间，他似乎对这是门存在的理由感到很惊讶。他吃东西的样子就像食物让他很诧异，似乎一个面包卷或三明治有无限的神秘，似乎他完全不记得上次吃的味道。有次他在吃饭，认真地剥着一个橘子，那样子就像以前从未见过橘子，他一直沉默不语，直到最后，低头看着长长卷卷的橘子皮，他说：

——形状。脸上绽开一个大大的微笑。

有时候，当他感到世界在入侵，他就会变得很安静，直接退回自己的内心。他坐着一动不动，就像把扶手椅，平静得看上去就像睡着了，虽然眼睛还睁着，呼吸让胡须轻微地发颤。有段电影镜头里，他坐得纹丝不动，以至于只有飘动的香烟烟雾让你知道那不是照片。跟蒙克说话就像越洋通话，要有段间隔——不是一两秒，而是十来秒，有时长得让你不得不把一个问题问上三四遍。如果他紧张起来，任何刺激都会使他反应迟缓，而且时间会拖得越来越长，直到彻底没有反应，眼睛蒙上一层膜，就像结冰的湖面。他陷入困境大部分都是在跟内莉分开或对周围不熟悉的时候。一旦哪里出了问题，他感觉受到威胁，他便会突然切断自己，把自己像灯一样关掉。

当他这样自我迷失的时候，如果内莉在，她会先确保一切正常，然后等他自己走出来。即使他可能四五天都不说一句话，她也会若无其事，直到他突然猛地破口大叫：

——内莉！冰激凌！

*

——不管他内心有什么，那肯定非常精致，非常脆弱，他必须让它静止不动，必须让自己彻底慢下来，以免影响到它。甚至他走路也是一种保持平稳的手段，就像海轮上的侍者在剧烈颠簸中托着一杯水不让它翻倒。他会不停地走，直到他内心的那个什么对这样来回晃荡厌烦了，他才会筋疲力尽地倒下。当然，这只是猜测，不可能真正知道他脑袋里在想什么。有时他透过眼镜往外看的样子，就像冬眠的动物在察看天气是否暖得可以出洞。他被他的家，他的怪癖，以及他的沉默包围着。有次我们一起坐了好几个小时，他一句话没说，我问他：

——你脑袋里在想什么，蒙克？

他摘下眼镜，把它举到眼前，然后反过来，就像那是正在察看他眼睛的验光师。

——瞧一眼。我凑向前，脑袋架上眼镜，盯着他的双眼。某种忧伤，闪烁着生动的光点。

——看见什么了？

——没。

——去你的。哈哈。他伸手把眼镜放回自己脑袋上。点了支烟。

我以前也问过内莉类似的问题。她比任何人都了解他，了解到不管我问什么，不管蒙克的行为有多怪异，她都会说：

——哦，那就是瑟隆尼斯。

*

如果他是某个办公机构的门房，或在某家工厂负责采购，早上醒来上班，晚上回家吃饭，她也会像一起乘坐飞机头等舱环游世界那样照顾他。没有她蒙克就不知所措。她告诉他穿什么衣服，甚至帮他穿——有时他好像糊涂得连衣服都不会穿，他会被自己的西装袖子绑住，或者被领带错综复杂的打法难倒。让他可以安心创作自己的音乐，这是她骄傲与满足的来源。她与他的创作如此密不可分，简直可以视为他大部分作品的合作者。

她为他做所有事情：在机场替他托运行李，保管护照，而他要么像柱子一样一动不动，要么拖着个脚转来转去，人们经过他身边，看着他，不知道他在那儿干吗，像无家可归一样踉踉跄跄，像在婚礼上抛撒彩色纸屑那样胳膊乱甩，头上还戴着顶疯狂的帽子，它显然来自另一个世界，而他则刚从那个世界回来。等他上了飞机，内莉替他在大衣外面系上安全带，人们还是不知道他是谁，某个正迈向独立的非洲国家的元首？诸如此类。有很多次，内莉看着他想哭，不是因为可怜他，而是因为知道他有一天会死，从此世上就再也不会有像他那样的人。

*

内莉住院了。他坐在家里抽烟，看着灰蒙蒙的落日透过被雨打脏的窗户照进来。他瞄了一眼以某种超现实主义角度斜挂在墙上的钟。内莉觉得东西应该摆正；而蒙克更喜欢让东西歪歪扭扭，并最终使内莉接受了他挂钟的方式。她每次看钟都想笑。

他从一个房间走到另一个房间，站在她站的地方，坐在她坐的椅子上，盯着她的口红、化妆品、眼镜盒及其他东西。去医院前她把一切都收拾得井井有条。他触摸着她衣服的面料，它们整齐空荡地挂在衣橱，他注视着她的鞋子，它们站成一排等待她归来。

她为他做了那么多事，以至他对公寓里很多物品感到神秘，他都是第一次看见：年久褪色的炖肉砂锅，蒸汽熨斗。他拿起她用的锅碗瓢盆，怀念它们一起奏响的、那亲切的厨房交响曲。他坐到钢琴前，写了一首曲子，取材于所有那些他想念的声音，那些她在公寓四处走动时发出的声音：她穿衣的沙沙声，水流进水槽，盘子叮当作响。她叫他蒙隆尼斯·瑟克，他想为她写首歌，让它听起来也有那种感觉：蒙隆尼斯·瑟克。每过五分钟他就站起来朝窗外瞥一眼，看她有没有在街头出现。

每天当他去医院探望她，她都比担心自己更担心他。他坐在她床边，不说话，当护士来问是否一切都好时，他只是微笑。他会一直待到探访时间结束，因为除此之外，他什么都不想做。

他不愿回公寓。他散步走到哈德孙河，去看繁忙河道上的落日。一阵饥饿的风夺走他香烟的烟雾。他想着内莉和正在为她写的歌，一首私密的钢琴曲，除了他没人能弹。一旦把它写下来，作品就完成了——他会按原样弹，没有伴奏也没有即兴。他不希望内莉改变，他也不希望他写给内莉的歌改变。他望向河的对岸，一抹黄褐色的光涌上地平线，就像从管子里挤出的颜料。有好几分钟，天空是一片肮脏的黄色，直到光线暗淡，漏油般的云朵再次笼罩了新泽西。他想掉头回家，但还是在这伤感的暮色中多待了一会儿，看着黑暗的船只在水面上爬行，上空回荡着海鸥的悲鸣。

*

开车去巴尔的摩的喜剧商店（Comedy Store）演出。同行的有妮卡和查理·劳斯，他一辈子的朋友。蒙克做一件事就会做一辈子。他们开到特拉华州的一家汽车旅馆。蒙克很渴，这意味着他必须马上要喝水。一贯如此。他可以接连三四天不睡觉，因为他不觉得困，然后突然倒头睡上两天两夜，无论身在何处。如果他想要什么就必须马上得到。他走进大堂，充满整个门框，看上去黑得像团影子，把前台吓了一跳。令人不安的不仅是他的肤色、他的体形，还有他像宇航员般缓行的步态。他身上有某种东西，不光是他的眼睛，他的整个躯体就像一尊随时都可能倒下的雕像。还有其他的。那天早上这个前台服务员曾在公寓里翻箱倒柜地找干净内衣。他没找到，只好套上一条已经穿了三天的内裤，带着发黄的污迹和隐约的气味，他一直担心别人会发现。而蒙克走进屋时刚好翕了翕鼻子，那就是原因，那是造成一切的诸多原因之一。如果他穿的是干净内裤，那也许就什么也不会发生，可正如我们看到的，当这个庞大的黑人走进来，翕了翕鼻子，似乎觉得空气很臭的时候，积累一天的郁闷与不快爆发了。蒙克甚至还没开口，他就立刻说没房间了。蒙克凝视着他，头上那顶疯狂的帽子让他看起来像个来自非洲的教皇或红衣主教。

——你说什么？他一说话就会变成被口水呛到的声音。听起来就像来自火星的无线电波。

——都满了。没房间了。

——来杯水。

——水？

——对。

——你要水？

蒙克头点得像个圣人，他站在这个男人面前，就像他挡了自己的道，妨碍了自己的视线。他身上有某种东西让这个前台服务员愤怒得发抖。他站在那儿的样子，像个站在警戒线上的罢工者，决定毫不让步。很难确定他的身份，不是流浪汉，他穿得……穿得——妈的，他看不出他穿得怎么样：领带，西装，外套——衣服很高级，但看上去乱七八糟，感觉就像衬衫下摆掉出来了或者没穿袜子。

——没有水，那个前台服务员最终说，声音像从突然扭开的水龙头里一下喷出的锈水。

——没有水，他清清喉咙，又说了一遍。现在他更害怕了，那个黑人的黄色双眼目不转睛地盯着他，就像太空中的两个星球。更令人不安的是，蒙克不是盯着他的眼睛，而是盯着他眼睛上方两英寸处的一个点。他飞快地用一只手在额头碰了碰，摸到有颗青春痘。

——没有水。听到了吗？

那个黑人站着没动，似乎他已经变成了石头，似乎他已经进入了某种黑鬼式的恍惚。他从未见过一个人这么黑。他在想这家伙也许精神有什么问题，很危险，是个疯子。瞧他盯人的样子。

——听到了吗，小子——现在他觉得胆子大了，一叫他小子，他就感觉形势变了，不再像双方个体间的直接对峙，而更像某种常态，似乎他这边有人挺他，似乎他背后有一帮手下。

——这是旅馆，你没有一杯水？你们房间都满了，一定有他妈的许多人嘴渴。

——别自作聪明，千万别，想都别想——

这时，蒙克向前走了一步，完全挡住了光线，变成了一个剪影。看着他的脸就像大白天走进一个山洞。

——我们不希望有任何麻烦，那个前台说。“麻烦”这个词像酒瓶一样摔得粉碎。他的椅子不情愿地向后吱呀移了一点，他竭力让自己跟这个像悬崖一样耸现在眼前的男人保持一定距离。他低头去看蒙克垂着的双手，一根手指上有只巨大的能撕破脸颊的戒指。就在那时他想到，如果有把枪他就会拿出来对准他——后来再往回看，他意识到正是自己的这个想法，比那个黑人的任何举动，都更促使了事态升级。一个词引发了下一个词。“麻烦”这个词把“枪”这个词拔出枪套，而“枪”这个词又让“警察”这个词在后面穷追不舍。

——我说了，我们不希望有麻烦，所以你赶快离开，不然我就叫警察。

他站在那儿，呆若木鸡，呆得就像他唯一知道的两个字就是“杯”和“水”。现在他脸上的表情变了，似乎他什么都看不见，似乎他不知道自己在哪儿，不知该怎么办。他在自己体内膨胀起来，仿佛随时都会爆炸。那个前台几乎被吓得不敢报警，担心这一举动会让自己被甩出去——但什么都不做甚至更令人恐惧。他决定把动作做得尽可能明显，用力拽过电话，慢慢拿起话筒，拨号的样子就像在拿手指浸入一罐枫糖浆。

——警察吗？他说话时始终用一只眼睛，两只眼睛，盯着那个黑人，那个黑人唯一的动静就是他胸口的起伏。呼吸。

——对，他不肯走。站在那儿就像，我不知道，就像要惹麻烦……我已经跟他说过……对，我觉得他相当危险。

他刚放下电话——慢慢地放下，他现在每个动作都很慢——就看见另一个黑人和一个看上去很有钱的女人急匆匆走进大堂。

——瑟隆尼斯？怎么了？

不等他有机会开口，那个前台就插进来。

——这怪物是跟你们一起的？他的恐惧消退了，现在他自信有能力控制事态的发展。那个女人看着他，就像他是一只墙边爬的小虫。她是那种女人，不管走到哪儿都会被优越的光环围绕，甚至她的礼貌也是一种形式的鄙视，而她慷慨赐予的友善只会提醒别人他们不属于她那样的富人阶层。

——出了什么事，瑟隆尼斯？

他还是不说话，还是用同样的目光盯着那个前台。

——你们最好再待一会儿，警察就在路上，他们想问点事情。

——什么？

——马上就到。

带着某种默契，那个女人——说话像英国女王——和另外一个黑人架着他走出大堂，回到车上。蒙克坐进驾驶席，发动引擎。这时警察到了，三名警察吃力地跳下车。那个前台服务员把他们领到汽车边，但一直躲在背后，不让人看见。一连串的问题。警察一向缺乏礼貌，不知道该怎么做但知道该怎么显示警棍的权威。他们让他关掉引擎，熄火。他置若罔闻，眼睛笔直盯着前方，就像正在雾夜全神贯注地开车，看不清路。其中一个警察手伸进去关掉了引擎。那个英国女人说了句什么。

——女士，保持安静。我要每个人都下车。他先下……嗨，你，下车。

那个黑人伏到方向盘上，双手稳稳地握住，就像他是驾驶台上的船长，正航行在一场风暴中。

——听着，你他妈是聋了还是怎么了？下车，快他妈下车。

——让我来处理，史蒂夫。

第二个警察把头靠近蒙克的脸，轻声地，几乎像耳语般呵斥道：

——嗨，傻黑鬼，给你十秒钟从这操蛋的车里下来，别让我动手。听到了吗？

那个黑人还是坐着不动，宽大的双肩，头上戴着那顶疯狂的教皇帽。

——好吧，你自找的。他猛地抓住蒙克的肩膀，把他的半个身体拉出车外，但他双手还是紧握着方向盘，就像他被铸在了上面。

——该死！那个警察开始拉他的手腕，他那粗壮、肌肉盘结的手腕岿然不动。那个英国女人在叫，那些警察也在叫。

——让我来对付这个狗娘养的……他们挤成一团，

其中一个拔出警棍敲向蒙克的手，在狭小的车厢内，他极力让自己敲得迅猛，猛到让那双手鲜血直流，指节肿胀，而那个英国女人尖叫着说他是钢琴家，他的手，他的手……

*

先锋俱乐部（Vangurad），水泄不通，蒙克在独奏。几个大学生缠着门卫，想要一个靠近钢琴的桌子。

——开什么玩笑？你们半中央跑来还想坐前排。大家都想看他的手，老弟……

*

在波士顿一家旅馆，他在大堂转悠了一个半小时，他查看墙面，像欣赏画作一样凝视它们，双手在上面摸来摸去，在屋里绕行，客人被吓跑。他想开一个房间，被请了出去，以免有什么麻烦。离开时，他花了十分钟才走出旋转门，耐心得像拉磨的驴。那天晚上演出他弹了两首曲子，然后离开了舞台。一小时后他回来了，又弹了同样两首曲子，然后坐在那儿盯着钢琴看了半个小时，直到乐队离开舞台，经理用扩音器放起《天晓得》

(*Who Knows*)。人们起身离开，担心会看到他当场崩溃。没有人嘲笑或抱怨，几个人走过去对他说话，拍拍他的肩膀，但他毫无反应。那情形就像大家都提前三十年踏入了未来，来到一个模仿旧时代爵士俱乐部气氛的博物馆，看到一个装置名为“钢琴前的瑟隆尼斯·蒙克”。

随后，在一阵想找到内莉的恐慌中，他奔向机场，被一名州警拦住。他疲倦至极，拒绝说话，甚至不肯报自己的名字。他睡了很久，梦见自己在医院，而当他醒来，发现自己躺在床上，有人在用勺子喂他吃东西，他抬头看护士的样子就像一个男人被压在一堆倒塌房屋的瓦砾下。光刺进他眼里，他的样子就像只动物。他把自己密封起来，他所拥有的那个秘密如此珍贵，珍贵到他已经忘了那是什么。人们说他很久以前就疯了，因为他穿着洛威尔睡衣缓缓而行的样子就像他已经在那儿待了很久。在钢琴上弹几个和弦，医生感觉有某种天真的音乐本能在他手下抽搐，敲出的音符有种丑陋的美。叮当，铿锵。其他病人很喜欢他弹琴，一个跟着号叫，另一个高歌伴唱，关于一个男人和一匹死掉的忠诚的马，另外几个则不是哭就是笑。

*

沉默像灰尘一样落到他身上。他走进自己的深处，再也没有出来。

——你觉得人生的意义是什么？

——死。

他人生的最后十年在妮卡那里度过，在河对岸的新泽西，曼哈顿的风景充满了整面高窗，内莉和孩子们陪着他。他不再弹琴，因为不想弹。不见人，几乎不说话，也不下床，享受着单纯的知觉，比如闻一碗花，看花瓣落满灰尘，变得绵软。

*

——我不清楚他到底怎么了。他似乎陷入了一种持续的畏缩状态——就像有什么东西掠过他身边，就像他跨步迈进车流，而一辆车刚好跟他擦身而过。他迷失在自我的迷宫中，流连忘返，再也没找到出路。

也许外部世界并没把他怎么样。对他而言，只有他自己脑袋里的天气最重要，突然就乌云密布，这种情况已发生过多次——但这次长达十年。不，那不是绝望，正好相反：那是一种极端形式的满足，满足到几乎麻木，就像你在床上躺一整天，并不是因为你不想面对这天的丑恶，而是因为你不想起来，因为躺在那儿很舒服。每个人都有那种什么都不干的冲动，但很少会付诸实施。而蒙克一贯想怎么样就怎么样，如果他想在床上躺十年，那么他就会真的躺十年，无悔无求。他任凭他的自我摆布。他没有自制力，因为他根本不需要。他想工作就工作，但现在他不想了，现在他什么也不想干了。

*

——对，我觉得他心里有很多忧伤。那些发生在他身上的事情，大部分都留在他心里。他只让其中很小一部分流露到音乐里，不是以愤怒的形式，而是让忧伤一点点地四处散落。《午夜时分》(*Round Midnight*)，一首忧伤的歌。

*

秋天的纽约，脚下一片褐色的落叶泥浆，细雨似下非下。被雾晕环绕的树木，等着敲响十二点的钟。快到你的生日了，蒙克。

城市静得像海滩，车流声像涨潮。霓虹睡在水洼。有的地方关了，有的地方还开着。人们在酒吧外道别，然后独自回家。城市在自我修复，世界继续运转。

在某个时间所有城市都会有这种感觉：在伦敦，那是冬日晚上的五六点。巴黎也有，迟一点，当咖啡馆关门。在纽约那可能是任何时候：清晨，当光线射入峡谷般的街道，水泥丛林绵延向无尽的远方，似乎整个世界都是城市；或者现在，当午夜的钟声在雨中回荡，仿佛一种顿悟，城市中所有渴望都变得清晰而明确。一天已走向尾声，那挥之不去的徒劳感，人们再也无法回避——经过一天的发酵，它变得越加强烈。他们知道，当天色亮起，当他们再次醒来，会感觉更好，但他们也知道，每一天都会走向这种平静的无助。不管是盘子已经叠放整齐，还是水槽里堆满没洗的碗碟，都毫无区别，因为所有这些细节——挂在衣橱里的衣服，床上的床单——都在讲述同样的故事——在故事里，他们走到窗边，看着外面被雨打亮的街道，想着有多少人也在像这样望向窗外。人们期盼着周一的到来，因为当周末只剩下洗衣和看报，周末便失去了意义。他们也知道，这些想法并不包含任何启示，因为他们已经让自己成为这不得不忍受的绝望循环的一部分，这是一种总结，它已融入每一天的每一秒。在这样的时刻，你会对一切既感到后悔又无怨无悔。这时所有单身汉唯一的愿望就是有人爱他们，有人思念他们，即使她在世界的另一边。这时如果有个女人在独自散步，她会感觉到身边的城市被淋湿，她会聆听从别处收音机传来的音乐，她会抬头张望，想象那些亮着黄色灯光的窗后有怎样的人生：一个男人在洗碗，一家人坐在电视机旁，恋人拉上窗帘，还有一个人，他坐在书桌前，听着收音机里同样的旋律，写下这些句子。

雷声在黑暗中翻滚。几滴雨点打到挡风玻璃上，随后一阵风暴吞没了他们。狂风咆哮着穿过旷野，从侧面扑上汽车。雨敲打着车顶。哈利瞥了公爵一眼，缩进自己的座位，注视前方，对面来车的前灯在湿漉漉的挡风玻璃上像烟花般散开。正是这样的片段，会以各种方式进入他的音乐。他的灵感很少以音乐的形式出现。一切都始于某种情绪，某种印象，某些所见所闻，然后再将其转化成音乐。有次开车离开佛罗里达，他们听见一只看不见的鸟儿在高歌，那歌声如此美妙，你几乎会发誓说，能在地平线的余晖中看到它的剪影。一如往常，他们没时间停下，所以公爵记下了那段鸟鸣，然后以它为基础写出了《日落与知更鸟》（*Sunset and the Mocking Bird*）。《萤火虫与青蛙》（*Lightning Bugs and Frogs*）则源自那次离开辛辛那提，他们经过一片高高的树林，天上挂着乒乓球那么大的月亮，萤火虫在空中闪烁，四周蛙声一片……而在大马士革，公爵被地震般轰鸣的车流声惊醒，仿佛世界上所有的交通高峰都堵在了这座城市；还没完全清醒，他就发现自己已经在试着把它谱成管弦乐。孟买的灯火，阿拉伯海上飘移的天空，锡兰一场肮脏的风暴——不管在哪儿，不管多累，他都会把它记下来，不去考虑意义，相信将来自然会有用。山峰，湖泊，街道，女人，女孩儿，漂亮的女人，美丽的女人，街景，落日，大海，从旅馆看出去的风景，乐队成员，老友……他已经到了那样的地步，几乎他遇到的一切都会进入他的音乐——一门关于这座星球的私人地理学，一部管弦乐传记，包含了色彩、声音、气味、食物、人——他感觉、触摸、看见过的一切……就如同一个用声音写作的作家——他在写一部庞大的音乐小说，这部巨作始终在继续，而它最终的主题是其自身，是乐队里演奏它的那些人……

雨势减弱了一会儿，接着下得比刚才更大。看着挡风玻璃就像从一帘瀑布里向外张望。风像疯子般尖叫。哈利握紧方向盘，瞄了一眼公爵，心想多久这场风暴会进入他的作品。

巴德·鲍威尔

Bud Powell

这恍若降神会，巴德。灯光调暗了，蜡烛在燃烧。书桌上摆满了你的照片，音响里在静静地放着那首《玻璃罩》（*The Glass Enclosure*）。我坐在第三大道的公寓，巴德，试图穿过音乐找到你。对于其他人——对于总统，明格斯和蒙克——音乐是一串足迹；只要跟随那些足迹，最终我总会被带到他们身边，距离近得足以让我看见他们走动，听见他们说话。而你却不同。你的音乐把你包裹起来，把你跟我隔开。你的照片也一样，你的眼睛像墨镜，挡住了藏在眼睛后面的东西。与其说你跟世界切断了联系，不如说世界无法接近你。即使放松时你也有副在防备什么的表情，像个农场主正站在自己地界的围栏边给人拍照。还有这张，你、芭特卡普和强尼，在你治肺结核的疗养院外面。一如桌上所有这些你的照片，它也摄于季节的临界，边境。雨丝从画面外的树木间飘落。你的雨衣一直扣到脖子，你的帽檐拉下盖住额头，遮住了眼睛；芭特卡普拎着手提包，戴着围巾。你们三个看上去就像一户正在度假的穷人家被坏天气给困住了，付不起钱，也无缘享受。你是那种不会为拍照而摆姿势的人——你只会停下不动，似乎影像的静止有赖于你自己的固定不动，似乎你保持不动的时间越久，拍出的照片就会越好。

而你在钢琴边的照片则截然不同——比如这张，摄于鸟园的某个夜晚，那些夜晚，你能把任何人都比下台——大鸟(Bird)，迪兹（Dizzy)，任何人。一段接一段的副歌，双肩随着节拍耸动，闭着眼，血管在太阳穴搏动，汗水雨点般落上琴键，抿紧嘴唇，右手叮当作舞，如同水流过岩石，随着右手的动作变得越来越复杂，一只脚敲出的节奏也越来越强劲，旋律如花朵般盛开又凋零，然后又毫不费力地优雅变身为民谣，势头从未减弱，琴键都涌向你，为得到你的抚摩而争先恐后，仿佛钢琴为此已守候百年，就为了知道，在一个黑色男人手里变成萨克斯或小号会是什么感觉。在两首曲子间冲观众怒吼。无论去哪儿都听见你的名字被窃窃私语：巴德·鲍威尔，巴德·鲍威尔。

音乐从你身上什么都没拿走。把你掏空的是生活。

音乐是生活还给你的，但那还不够，远远不够。

*

还有这张，摄于1965年。那时你已经一首曲子都弹不了了，钢琴已经变得令人无法忍受，令人精神错乱。你跨坐在一张椅子上，在你的泰特姆式小胡子下对着相机微笑，人也像泰特姆（Tatum）那样发胖了。你常常像那样在房间里一连坐上好几天，不是吗？大家上门来看你，而你就那样坐着，不回答任何问题，一言不发，只是慈祥地对着世界微笑。

一张照片就是一幅在时光流逝中凝固的影像。等着那幅影像融化，显灵，就如同和你一起坐在房间里，等着你从恍惚中醒来，等着你走动、说话；就像我到了你家，就像我在你身旁。

巴德？巴德？……我会替我们俩来说话，如果你喜欢那样。也许我能从你聆听的样子看出点什么。也许我就会知道怎样去调和你人生的苦痛和你音乐中那活力四射的乐观，比如《遗忘》（*Oblivion*）、《痛哭》（*Wail*）、《幻觉》（*Hallucination*）和《略显庄重的火车头》（*Un Poco Loco*）。我觉得你弹的每首曲子，都是从你饱受折磨的人生小说中撕下的一页——我觉得《玻璃罩》就是你的《醒在蓝色的忧郁里》(*Waking in the Blue*)，但不同的是，它听上去仿佛一部交响乐被冻结成了一首钢琴曲。即使对标准曲目，你的演奏也具有某种品质，某种音乐会钢琴家的宏伟和庄严。你能把《圆点花纹和月光》(*Polka Dots and Moonbeams*)弹得像一位宫廷作曲家的作品……

你在那儿坐得如此安静，巴德，我甚至不确定你是否听见我在说什么。我知道我看上去像某个在演出间隔缠着你的醉鬼，连珠炮似的用那些你不想听的问题和故事来烦你，试图告诉你你在想什么——我觉得你在想什么。有那么多事情我想知道，但你只是平静地坐在那儿，我不知道我还能做什么，除了不停对你说话，自问自答，希望能说出些让你明白的东西，说到点子上，把你从沉默中引诱出来。我想知道你被关禁闭期间的所有事情：1945 年十周，几乎整个 1948 年，被放出来后才几个月又进去。1949 年 4 月出来，1951 年 9 月住进皮尔格瑞精神病院，1953 年转至格瑞德摩尔。电击疗法，镇静剂……核实日期很简单——但那是怎么发生的，巴德？似乎没有人知道——除了你的年龄——当他们把你扯得四分五裂时，你才二十五岁，之后整个余生你都在试着把自己粘回去。是不是你刚走进哈莱姆的萨沃伊舞厅，门卫便把你的头像甜瓜般敲开了？或者是不是你喝醉了，被一帮警察围着，只等有个借口可以让你脑袋开花？你尖叫，恳求，泪水在眼里翻滚，感觉事态已经完全失去控制。你走开，大步流星，直到一只手伸出来，抓住你的胳膊，把你又拉回那终将要发生的一切。就是那样，人生中有些事早已注定，它们埋伏在那儿，等着你经过，像雨一样耐心。

你穿着黑鞋、黑西装，撑着雨伞，像商人走进办公室那样大步跨入麻烦。一家咖啡馆的灯光在旁边墙上涂出粗暴的“发狂”二字。阴沟里已经在闪耀空酒瓶的光芒。一个充满威胁的声音说：

——我警告你。

你看着那个声音，眼神惊恐。选择迫在眉睫。你朝最近的那张脸发起攻击，绝望地想从蜂拥而至的一片制服中突围。有胳膊抓住你，一只拳头让你的一侧脸失去了知觉，踉踉跄跄，你重新站稳，瞥见一条胳膊在上方高高扬起，高得像根绳套绕在高高的树枝上，吊在那儿，接着警棍落下来，伴随着长长的尖叫，那一瞬间你觉得这简直不可思议，居然有人会这样做，这样敲会让头骨碎裂，会让脑浆迸射，会杀了你。你看见其中一个警察大叫时张开的嘴：

——不，不。

警棍落下所用的时间只够你的手抬起一两英寸，它像一道闪电—— 一道持续到永远的闪电——劈开你的脑袋，像一把枪抵住你脑壳开火，像一把铁锤挥向窗玻璃。你跪倒在地。一只手伸上去，吊住离你最近那个警察挂枪的腰带，挣扎着半站起来，最初的一记猛击此刻才从脑袋扩散开，正如斧头砍进多节的圆木产生的裂纹。不不不。

——哦，我的天。

也许事情不是那样，但也许事情就是那样。二十年后，你从冷夜中惊醒，仍然感觉到头盖骨在痛，在试图自己愈合。那时你才二十五岁，刀一般年轻而傲慢，为所欲为，爬上明顿俱乐部（Minton）挺括的桌布，靴子上沾满了泥。侍者正要去阻止，蒙克大喊道：

——都他妈别动。

于是，所有人都呆立在那儿，看着你踏上一张张桌面，像个男孩小心地跃上一块块石头穿过池塘。或许在骨子里你从来都是失控的，只不过现在暴发了。海洛因和酒精。你喝起酒来就像爬出沙漠走进了海市蜃楼，两杯下去就开始撒野。你不会喝醉，你会喝疯。就像那晚在鸟园，跟明格斯、布莱基（Blakey）、肯尼·杜罕（Kenny Dorham），以及大鸟伯德。六个月前大鸟曾企图自杀，一直在贝尔维休养，所以这是一次复出，一次东山再起的尝试——但第一曲他甚至没准时出现，你只好没有他就上场。你烂醉如泥，琴键在你手下颠簸得像海上的船。曲子弹到一半便分崩离析，你零星地想到什么就弹，每五个音符就要错一次，直到你忘了那首歌，又轻快地跳到另一首，最终身陷错音的荆棘丛中不可自拔。

第二曲：你独自开场，咧着嘴笑，鞠躬，跳了一小会儿舞，差点瘫倒在观众席。终于你不知怎么坐上了琴凳，手指粘着琴键，又像酒溢出酒杯似的从琴键滴下来，音符落到地板上，积成了小水洼。明格斯和杜罕加入进来，但此时钢琴的作用只限于不让你倒下。

大鸟出现了，全副武装。前一晚，你走到他面前，微笑着说：

——你知道，大鸟，你不是孬种。你没杀了我。伙计，你不会再吹那些狗屎了。

大鸟只是还以微笑。现在他起了第一个调——《幻觉》——但你还在继续弹他上台前的那些东西。乐队拖拉着停下来。大鸟再次起调，但你像聋了一样，还在继续弹。

——喂，巴德。

——妈的，什么调？

——S 调——狗屎调。

——去他妈的狗屎去他妈的……

说着你用肘部猛击琴键，叫喊着没人听懂的话，然后蹒跚着走向后台，身后留下一串脚步。大鸟站在麦克风前，嘴里发出低沉的轰鸣，他一遍又一遍地呼唤，就像呼唤一个在森林里迷路的人：

——巴德·鲍威尔。

——巴德·鲍威尔。

——巴德·鲍威尔。

*

在克里德摩尔，你在墙上画了一副琴键，敲出新的和弦，手指摸来摸去，在白墙上留下一长串脏兮兮的印痕。当芭特卡普来看你，你抓着她的手，凝视着她眼中的爱意，爱意，以及始终存在的疑问：多久？期盼你再次好起来，又担心你多久会复发。总在等待什么的结束，和另外什么的开始，等待崩溃的警讯，等待那些会让他脑袋短路的细微小事……

一天下午，快接近黄昏，他抬起头，看见一面旗帜的影子完美地投射到一幢大楼的顶层。他四下张望，以为会有星条旗在附近的屋顶上飘扬，可什么也没看到，唯有那片黑影的波纹在墙上舞动。第二天他注意到事物的内部有一种呢喃，建筑物的外墙在微微颤抖。意识突然绷紧，他把一只咖啡杯放到桌子正中，只为看它掉到地上摔碎。看见手提钻刺入路面，看见风钻扯开街道，看见爆破球击穿屋肋。被一群黑压压掠过人行道的鸟吓了一跳。再往前几条街，他看见建筑工人在修理一栋旧楼的防火梯。他注视着电焊机的蓝白火焰，明知太刺眼但还是盯着看。当他移开视线，感到头晕目眩，眼前一片闪耀。他在等那些残留影像消失，但明亮的镁光已经刺伤了视网膜，像一股蓝色暴力，一道银色闪电，刻入他的脑海。

大风在城中呼啸而过，飓风让街道满目疮痍。在肉类加工区，动物内脏的恶臭像锯末堵塞了空气。钩子上悬挂着劈开的牲畜尸体，粉红和黄色的冻肉雕塑。

听到有人在冲他叫喊，话语碎成尖锐的音节。感觉有人在看他，发现他有点不对劲，在跟着他。闪电划过晴空。在圣诞购物的人潮中，他开始辨认死者的面孔。

一个巨大的圣诞老人朝他微笑，在他眼前叮叮啷啷摇着一只铁罐。橱窗被那些给死者的礼物装点得流光溢彩。有人碰碰他的胳膊，他转过身，看见亚特·泰特姆（Art Tatum）在朝他咧着嘴笑，说着一些他听不懂的话。泰特姆拉着他胳膊带路，似乎他是个盲人，他们离开大路拐进一条小街，这条街上的车如此稀少，连路中间都有积雪。

——你死了，伙计，你死了，他突然对泰特姆说，泰特姆笑起来。

——没错。

他们走下结冰的台阶，它通向一家地下酒吧，酒吧的光线映黄了人行道上的雪。酒吧里点着琥珀色的灯笼。彩带和装饰品从天花板垂下来，酒吧招牌被金箔覆盖着。他跟着泰特姆穿过烟雾腾腾的人群。这里每个人都认识他，大家叫他的名字，问他什么时候进城的，会不会演出？在他看不见的舞台上，尖厉的小号声不时被观众的大喊大叫打断。当眼睛适应了雾黄的光线，他认出了巴迪·博尔登（Buddy Bolden）、国王奥利弗（King Oliver）、胖子沃勒（Fats Waller）和杰利·罗·摩顿（Jelly Roll Morton）。酒吧里的人纷纷给他们让路，泰特姆点了喝的，然后转身递给他。泰特姆对每个问他会不会演出的人说，稍候，稍候，不管谁请喝啤酒他都接过来。

——我死了吗，亚特？巴德凑近泰特姆的耳朵说。

——啊，怎么说呢，那更像你到了一个不用再担心死的阶段，因为你已经死了。

——那为什么我感觉不到自己死了？

——在这儿没人感觉自己死了。

他看见博尔登朝他走来，博尔登抱了抱泰特姆，然后转向他，笑容满面地说：

——巴德·鲍威尔，对吗？抽出手拍打他的肩膀。他从未见过博尔登的照片，但他知道那是他。周围所有人都看着他，对他点头，似乎这座酒吧他已经来了二十年。博尔登把他介绍给国王奥利弗，很快他就忘了这里全都是死人，不再感到惊讶，仿佛那只是一种成见。那就像在一个地方，那儿全是白人，但根本没人留意你的肤色，于是很快你就不再意识到这件事，你就不会再去想，为什么酒吧里没有一个活人。

*

出来再次走上街道，烧毁的高楼像一片砖石海啸高高耸起。阴影将他环绕。在一家商店红色和银色的灯光下，他瞥了一眼自己。他想知道自己是不是玻璃做的，他用脚踢橱窗，看着自己的映象颤抖，裂成冰霜，最后变成一阵缓慢的玻璃细雨，他的脸在地上摔得粉碎。下雨了，一场风暴开始在他周围沉默地肆虐。冰雹砸在无声的街道。他看见一家酒铺温暖的灯牌，黄色的的士车流滑过街道，比每个镜头都充满喧闹追赶的默片更安静。纽约可能是地球上最嘈杂的地方，而他什么也听不到。他看见一辆汽车静静地陷入另一辆的车尾，看见两个司机跳下车在彼此面前沉默地起舞，模仿着狂怒的姿态。一道闪电照亮了街道。他迈出人行道，走进一片汽油般的雨湖。他的脚踝周围缠绕着冰雹爆炸的铁丝网，寂静得恍如夜晚在结薄冰的湖面上有满天星光。他能感觉到风雨刺痛他的脸，但没有声响——仿佛这风雨不是一种外在现象，而是皮肤对体内深处变化的一种怪异反应。一辆的士幽灵般穿过从破裂街道涌出的蒸汽。一辆巡逻警车飘过，旋转的红蓝光柱像镰刀割断雨水。

在中央公园，雨下过又停了。云朵游过月亮，银色的影子在黑暗的草地上爬行。闪电及随后久等不来的雷声。一轮明月在树木的九头蛇枝丫间慢慢燃烧。他能听到的唯一声音是他怦怦的心跳：一种稳定的低音，随着他走得越来越快——直到变成跑——而匀速提高。他看到一条瑟瑟发抖的狗，他把衬衣从背上剥下来，帮它把两只前腿从袖口穿进去，在肚子上扣好扣子，又把他的裤子裹在狗的喉咙上，就像块大学生的领巾。扯下袜子套到它爪子上，用他的鞋带把它们扎好，然后看着那条狗轻快地走入夜色。湖水挡住了他的去路，于是他浮在水上漂过去，他一直把头放在水下，直到心跳声变得像低音鼓那么响，最后他爬上对岸，像只从海底浮出的怪兽。闪电将一棵树劈成两半。他躺入海草般黏稠的草丛，看着高楼大厦的灯火，看飞机在天空滑过，世界比创世的第一天还静，在有任何城市之前，在有任何风之前，那时唯一的音乐是上帝的心跳。他打算在这儿住下，他可以吃猫或者狗，或者树——如果有必要。到了秋天，他可以吃落叶，可以住在垃圾桶，或者树洞。

*

蜷缩在一个门口，看见手电筒的光正向他侵入，皮靴声越来越近。手枪，警棍，沉重的皮靴，手铐。老鼠四下逃窜。手电光触到他的脚尖，随后银色的光线笔直射进他的眼睛，他往后缩得更深，一股强烈的破烂儿垃圾味儿，他用手遮住眼睛。除了内衣和几张简短提及他失踪的旧报纸，他几乎全身赤裸。他脸上有许多划破的口子，但他对此毫无记忆，光线再次落到他头上，他已经准备好迎接又一顿毒打。

——放松，放松。本能地，那个巡警说起了对一只迷路小动物可能会用的语言。他的手电光照出一个年轻的黑人，眼神就像见过什么无比可怕、永远都无法忘记的东西。

——放松，放松，他又说道，小心地不让手电光刺到他的眼睛。他用靴子推开挡在路上的一些垃圾，走得离这个蜷成一团的人影更近一点。

——没人会伤害你。你还好吗？你受伤了？

他用手电扫视他的身体，除了几道口子，没有看到明显的受伤痕迹。

——瞧，我不会伤害你，我不会起诉你什么，好吗？你知道的。你有名字吗……你没有名字？他摇摇头，看上去现在不那么害怕了；尽管听不懂他说的话，但那个警察的声调让他觉得安心。

现在，那个巡警蹲在他身边，一只手放在他肩上，路灯光照亮了他面前的脸庞。他关掉手电，再次看着那下垂的眼帘，小胡子，虽然很短但仍然凌乱不堪的头发。完全是下意识地，他突然肯定面前的这个人就是巴德·鲍威尔。天哪，这不可能。执勤前四小时他还在听《异教徒之舞》（*Dance of the Infidels*），还在对妻子说巴德是世界上最伟大的钢琴家。这不可能……但他知道巴德有精神分裂症，而且几天前突然失踪了。他再次凝视那黑色的面孔，那双眼睛里一无所有，除了渐渐消退的恐惧。是他。妈的，没错，就是他。

——你是巴德·鲍威尔，对不对？他终于说，声调从亲切变成了敬畏。

巴德看着他，没有说话，但他的眼神深处有一丝宽慰，那就像在夜晚敲别人家门，一盏灯在远远的房间亮起，让你感到心头一暖。当他去拉巴德的手—— 一方面是想帮他起来，一方面只是想跟他握握手——他忍不住微笑着脱口而出：

——这是我一生中最棒的一天，巴德，我是说真的……

*

所有精神病院都一样，都是一堆讳莫如深的维多利亚式建筑，里面的医疗器械与惩罚设施难以区分。监狱，疯人院，兵营——每个都可以互相自如转换。一个疗程就是一次坐牢。每座楼房都是潜在的疯人院。

*

一个深秋清新的早晨，他离开了精神病院，他注意到脚下嘎吱作响的沙砾，以及外面等待的汽车。一个摄影师拍了一张他和经纪人并排站着的照片。他看着相机，面无表情，似乎它不在那儿，他把一切都藏在心里，只等着照片拍完。

他深吸了一口气，空中只有几片鸟儿振翅飞走掉下的羽毛。他看见自己的脸从一个水洼朝上盯着他，倒映的天空像太空般深邃。他走向汽车，小心翼翼不踩到自己的倒影，当他的脚迈过去时，它颤动着消失了。

他们驶过光秃秃只剩几片烂叶子的树林。没有风，但到处都是一场狂风刚刚经过留下的痕迹，树枝低垂，就像烧焦的木头。他看着一片黑色的树枝图案自己涂抹在挡风玻璃上。他们拐上高速公路，光影不停掠过他的脸庞。车流，汽修站标志。

——几点了？

——刚好中午。感觉如何，巴德？

——很好，伙计。

——什么都不用担心，巴德。

汽车经过一片公墓，他从侧窗望出去，有个女人正沿着墓碑间一条狭窄的小道行走，红色的花束紧贴着她外衣的黑色。

——你见过芭特卡普吗？

——她正在等你，巴德。

——男孩呢？

——非常可爱。他长得像你，巴德。

——是吗？

巴德的眼神：宇宙在微笑，在万物存在之前。远在那之前。汽车在阳光下的高速公路疾驰。紧张，期望。今夜他将和芭特卡普，他的妻子，睡同一张床。

*

——巴德

*

——巴德

*

——哦，巴德，我亲爱的。

揽他入怀。看着他眼中的快乐，为他回来而哭泣，因为她无法想象自己是怎么熬过那些没有他的日子。听见他说：

——嗨，芭特，宝贝儿，宝贝儿。

——巴德。

她知道，这样去呼唤彼此的名字，这样简单的举动，却意味着要跟一个男人长相厮守，要把自己托付给他。她的手指移向他头顶的伤痕：爱人会本能地去抚慰最柔软的地方。

抽泣着，微笑着，躺在枕头上，她说：

——我耳朵里全是眼泪。

*

在巴黎，你对着半空的屋子弹琴，有时好像根本心不在焉。即使你好好弹，动作也像个背部受伤的运动员，再也无法像从前那样收放自如，总会意识到自己在努力让手指触碰琴键，知道自己有太多注意力被技术占据，没有留出足够空间给爵士乐的神秘。

也可能并非如此。我一直认为，艺术家能把发生在他身上的一切都转化为优势。你也是吗，巴德？你也能把人生中的那些遭遇转化为优势吗？早期作品是你的精华，这点大家都同意。但那些你不能弹琴的日子呢——当你挣扎着想重新学会这门你曾经帮忙一起发明的语言，在那些演出中，是否也有某种特别的东西？有没有可能，音乐因为你的无法演奏而变得更加高深？——就像一幅画受到损坏，却更增添了它那不复存在的完美。

*

你喜欢巴黎，喜欢那些店铺的气息，喜欢咖啡和香烟的气味，喜欢春天女人们出门穿着细纱裙。喜欢坐在一家咖啡馆，看着侍者堆起椅子，清理账单，那种感觉——你在纽约从未有过——仿佛你是这座城市最后一个回家的人。

下午，塞纳河上永远洒落着幽暗的光线，你沿着岸边散步，跟那些消瘦的、没穿袜子的非洲人相互点头致意。在无边的大理石天空下四处游荡，坐在咖啡馆外面看车流来来往往，什么都不想。所有认出你的人都要请一杯红酒，你会慢慢地小口喝，露出满足的笑容，直到酒精开始在你脑中发酵、沸腾。你尽量不碰酒，但总有人愿意付钱坐下来请你喝一杯，他们提问，在你眼中寻找隐蔽的伤痕，注意到你的夹克扣子没扣，闻到你讲话时肺结核的血腥。

——那是埃菲尔铁塔，对吗？

——您说什么，鲍威尔先生？

——埃菲尔铁塔。有时你会在照片上看到。

——Oui（是的），鲍威尔先生。

*

坐在池塘边的一张铁椅上，你感觉自己似乎正在从世界边缘向外眺望。雨点让你的倒影长满粉刺。两个戴着红色绒球帽的小孩站在旁边，一个说：

——La flaque d'eau，l'étang，le lac，l'océan.（水坑水池，池塘，湖，大洋。）

——T'as oubliéla mer（你忘了说海），另一个说。你看着他们，迷失于无边的词海。

*

在巴黎的每个爵士乐手都会出现在圣日耳曼俱乐部（Club St. Germain）：米尔特·杰克逊（Milt Jackson），珀西·希斯（Percy Heath），肯尼·克拉克（Kenny Clarke），迈尔斯（Miles），唐·比雅（Don Byas）。你是和芭特卡普一起去的，挺直背脊，小心翼翼地挽着她的胳膊。你走进去的样子就像一个人在黑暗中下楼梯，用脚试探着每一步。你的眼里干净透明，只有一丝谨慎的快乐。

俱乐部里，大家都在看着那堆聚集在吧台边的美国佬，他们互相拥抱，击掌，在彼此背上满怀感情地拍打，大笑，到处都充满了黑人方言袅绕的烟雾。他们一路挤向洗手间，面带微笑，无比礼貌地说劳驾、借过，并高兴地停下站住，接受恭维、握手和吻手，询问这些给予他们如此关注的人的名字——然后告退，重返吧台边的团伙。男孩们对着女友窃窃私语，指着谁是谁，哪一个是迈尔斯·戴维斯（Miles Davis）。面前是半空的酒杯和看了一半的书，年轻的男子单独坐着，朝他们的方向凝视，从他们的一举一动中寻找线索，因为似乎就连这些男人大笑和说话的样子都显得伟大。

接着，当这伙人看向舞台，沉默在他们当中渐渐变得浓重，那沉默绵延开去，扩展到整个俱乐部。其中一个低声说：

——巴德要演了。

没人看到你从那伙人中离开，或注意到你走向钢琴，直到你准备坐上琴凳。沉默渐渐变得阴沉。观众里的声音：

——他已经不行了，他不行了。

但空气中始终萦绕着一种呢喃般的音节：

巴德·鲍威尔，巴德·鲍威尔。

冰块与酒杯的鸣奏融化为无声。烟雾在光柱中扭动。收银机弹出，像一声闹铃。

触碰几下琴键，调整一下，然后进入那首《干得好》(*Nice Work*)，不停下去想要怎么弹，让一切即兴。你的手指移动得就像从婴儿起你就在弹格什温（Gershwin)，可以在任何地方信手拈来，一切都像呼吸般自然，想都不用想，因为你的双手如此熟悉琴键，简直就像鸟儿熟悉天空。俱乐部里每个人都感到一阵欣慰从美国佬那儿扩散开来，似乎他们正在看着你走过一根钢丝。

——继续，巴德，继续。

——好样的，巴德，好样的。

汗水在你额头凝成汗珠，你微笑着，似乎从未出过任何问题。一道聚光灯打在你脸的侧面，在后墙投出完美的剪影，一个复制你每个动作的黑影，一团摇摆不定的轮廓，它伏在你背上，嘲讽着你。

——对，巴德。

——继续，巴德，继续。

但接着，就像走钢丝的演员晃了一下，你开始有点儿不确定，在一个音上犹疑，结结巴巴，恢复了平衡又再次犹豫不决，找不到方向，双臂的影子在你身后尖啸，犹如鸟儿的翅膀。然后踉跄着，你的双手变得相互纠缠，不再有那种带你越过思想空白的势头，歌曲分崩离析，琴键成了迷宫，你迷失其中，永远找不到出路，然后……然后再敲出几个音，却不知所终，被曲调淹没，就像大海将你吞噬……然后然后然后。然后已没有必要再弹。

你站起来，用腿把琴凳推后，你的影子在上方耸起。满脸受伤的表情，汗如雨下，从口袋拉出一块白手帕，在脸上抹来抹去，就像孩子在擦黑板，希望把自己擦掉，抹去自己所有记忆。俱乐部里的沉默，从某种会呼吸的活物，变得毫无生气，一场恶战后悬浮在林间的那种沉默。你走下舞台。掌声渐次响起，变成热烈的鼓掌。芭特卡普走过来，抱住你，你伸出一只胳膊揽住她的肩，当你们向那伙美国佬走去，她举起手按住你面颊上痉挛的神经，在她的抚摩下它突突地悸动。当他们鼓掌时，观众席里每个人，所有人，都意识到这种音乐里必定有某种可怕的东西，才能将一个男人摧残至此。那就像看着一名体操运动员，大家都以为他无比敏捷，直到出现了一个微小的失误，他摔倒在地。那时你才意识到，这似乎不可能的表现是多么平常——摔倒要比完美的空翻更能体现运动的真意和本质。这回忆将伴你一生。

*

夜已深，巴德，音乐已走向尾声，蜡烛已醉到熄灭。天快亮了。我累了，而你坐在那儿，似乎不存在时间这种东西。你累吗？我这样对你说话你觉得累吗？

巴德，你听到我说的那些话了吗？事情是那样吗，是我想象的那样吗？也许都错了，但我已经尽力。我想听你的故事，巴德，而不是去讲——如果一定要讲，我也希望能按你希望的方式去讲。我没有太多材料。我去见了和你一起演出的人，以及跟和你一起演出的人一起演出的人。我甚至还见了你葬礼那天在哈莱姆的某个人，那天街上排了五千人的长龙。除此之外，只有唱片和照片：那便是你留下的所有。

以及这篇文字，巴德。它是你的。

他们停在一个铁路岔道口，片刻之后，一列火车哐当着朝他们开来。他们看着长墙般的货柜轰隆隆地缓缓驶过，铁轨在重压下发出尖锐的悲鸣。公爵至今还很怀念他们乘火车横穿美国的那些日子，那是两列专为乐队而租的普尔曼卧式火车：一个把他们跟南方种族主义者和乡下黑人隔开的茧。没有什么环境比火车上更适合他工作。他的大部分作品都写于途中，或是在旅馆挤出的几小时；火车既有刺激的推动力，又是沉思的圣殿。他母亲去世时，他把自己关在一节普尔曼火车的私人车厢，写下了《追忆之音》（*Reminiscing in Tempo*）——火车在南方飞驰的韵律和动感贯穿始终。一次又一次，火车的咔嗒声和汽笛声反复出现在他的音乐里，尤其是在路易斯安那州，那儿的火车司机用汽笛演奏布鲁斯，黏稠萦绕的声响如同一个女人在夜晚吟唱。铁路穿过他的作品，就像穿过一部美国黑人历史：是他们修建了铁路，他们在上面工作，在上面旅行，而最终，到了他，在上面作曲。那是他继承的传统。有一次在得克萨斯，一帮铁路工人透过停在岔轨上的火车窗朝里张望，看见他正伏在手稿上，汗滴打湿了纸页。他们其中一人轻轻拍了拍车窗，并非想打扰他，只是因为太想说句“嗨，公爵”之类的话，他微笑着站起来，告诉他们自己正在写的歌——《黎明快车》（*Daybreak Express*），一首关于他们这些铁路建设者的歌：

——挖呀挖呀，挥动铁锤，六个月后，火车开过——嗖的一声……呜—呜—呜……

他解释着自己的音乐，看见他们眼中涌出骄傲。

乘火车旅行时，他一直在储存类似的记忆，之后再去寻找与之相符的音调：圣塔菲的夜色被烤得通红，或者俄亥俄的晚上，火焰舔着黄云，漫天都散发着火炉般锈色的热气……

他们等待着那辆没有尽头的火车驶过，耳中响彻车轮和铁轨摩擦的噪声。

——好长的火车，最终哈利说。他把车挂上挡位，咯咚咯咚地开过轨道。

——是啊，公爵说。汽车加速离去，他回头望着慢吞吞的火车呼啸着一路驶向南方。

本·韦伯斯特

Ben Webster

在他看来，欧洲更像一张铁路网，而非一片大陆。它仿佛一个庞大的地铁系统，把他从一个地方运到另一个地方，从一个俱乐部运到另一个俱乐部。他踏上旅程时西装革履，但没几天衣服就会皱得像睡衣；本来扎紧的领带，最后吊在脖子上晃荡，像条圣诞节彩带。他跟什么人都聊：喜欢逗笑的学童，餐车里的醉汉，那些老妇人本来对跟一个黑人共乘一列车厢心存疑虑，直到在他眼里捕捉到那种孩子气的眼神，让她们想起自己的儿子，虽已长大成人，却还像个小男孩。偶尔也会有人认出他，在手推车经过时给他买瓶酒；如果对方请求，他还会拿出萨克斯吹一曲。二十年来，常有人说起这样的故事：在去巴黎的路上，对面坐着个体积庞大、醉醺醺的黑汉子，他的软毡帽贴在后脑勺，衬衫扣子快要绷开，夹克翻领上留着鸡蛋的污渍……他们聊了一会儿天，那个美国佬咕哝着好斗的 oui（是）和 non（不是），自嘲着自己的法语发音。

而直到提起爵士乐，你才突然意识到他是谁，你们握手，感觉他那柔软、颜色略淡的手掌，跟你想象中的熊掌一样温暖。你说他的音乐对你多么重要，说你有他和公爵录制的许多唱片，尤其爱那张《棉尾兔》（*Cottontail*），说有次公爵在离你老家两百英里的地方演出，就为了看看他，你开车一夜往返。你问起他认识的那些音乐家，像个孩子拆圣诞礼物那样听他讲故事，每次手推车路过都请他喝酒，最后——知道他会同意，但还是觉得有点尴尬——请求他吹奏一曲。看着他从行李架抱下萨克斯盒，就像要给你看他爱人的相册——的确如此——然后轻快地解开搭扣，装好喇叭，润湿簧片，再固定好吹口。他清清喉咙，把香烟支在烟灰缸上，开始吹奏。阳光在远处的一排树干间一闪一闪。伴随铁轨的咔嗒声，他的脚缓慢地打着拍子。他吹得渐渐慢下来，直到萨克斯听上去充满了呼吸感，似乎它根本不是金属做的，而是个有血有肉的活物。太阳现在斜射过金色的田野，光线照到他脸上的样子，让你想起一颗行星在太空中的照片，太阳映亮了其中一面，把另一面留给完美的黑暗。他的演奏越缓慢就越强烈，直到变成蝴蝶振翅般的颤音，接着，巨大的呜咽声再次笼罩了整个车厢。看着他脸颊的颤动，看着他换气时那著名的歪头抽搐，你下定决心，今后再听到有人说黑人坏话，无论是什么情况，你都不会放过，就算不把他们打趴在地，至少也会拂袖而去。是啊，没有人，甚至包括请莫扎特或贝多芬在沙龙上演奏的国王或王子，没有人能享受如此待遇，如此亲密接触——本·韦伯斯特只为你一人演奏。然而，更动人的场景是，当他结束演奏，当他倾斜萨克斯让口水流到地面，当火车开始减速，你的站点映入眼帘——似乎太快，却又恰到好处，因为此刻本先生已经醉意十足，很可能会破坏这一切的完美——当你谢过他，你心中充满了发自肺腑的骄傲，当你握着他的手，看着他，泪水也涌出他的眼眶，脸上留下蜗牛黏液般的泪痕。随后，火车开动，你再次向他挥手，看到他坐在那儿——这个庞大的醉汉，把身上的西装当作餐巾、手帕、桌布——也在朝你挥手。

*

是的，没什么比坐火车穿越欧洲更让他开心。看着乡村变成城市然后又变回乡村，人们在站台上上下下，砰砰砰的关门声，以及当火车重新开动时，最初那难以察觉的动感：沉重的车轮与铁轨发出的咔嗒声，一道向前滑行，全部的重量被拖拽着，成为动能，成为被征服的惯性。在火车上，他什么都无所谓，即使当他掏出涂得乱糟糟的记事簿，发现自己在那不勒斯的演出估计已经晚了两个小时，而路程还有四百英里。火车最伟大的一点是，一旦你坐上去，它就会一帆风顺，把你送到想去的地方，丝毫不用你操心——但要怎么坐上去，那就是另外一码事了。有时赶火车比捉大黄蜂还难。从找出火车出发时间到准点到达车站，之间会发生一百次变故。哪怕你提前半小时到了，决定在车站酒吧消磨一下时间，也还是会错过火车。就像今天，他就错过了上一班火车——事实上他已经错过了三班火车。误车，老是误车，妈的，如果他每错过一班车就能拿一美元，他就会成为富翁；如果他每错过一个人就能拿一美元，他就会成为百万富翁。那不勒斯，操他妈的那不勒斯。

他拧开酒瓶，狠狠地喝了一大口，然后透过车窗上自己的映象，凝视着外面没有星光的欧洲之夜。连绵不绝的原野，火车飞速交会的唯一迹象是突然增大的音量。接着，车窗上的面孔被一条跟铁轨平行推进的公路横切而过，在上方注视这幅场景的眼球就像两个苍白的月亮。有一阵，火车追逐着一辆汽车流星般的灯光，直到铁轨弯向右边，把火车不情愿地拉走。

他在座位上躺下，看着顶上行李架陷下的网兜。车厢里弥漫着酒吧间似的烟雾，窗玻璃上挂满凝结的水珠。零星的旋律飘入他的脑海，又随即散去，一如窗外黑暗农舍的点点黄灯。他用软毡帽盖上眼睛，缓缓驶入梦乡。

他不时醒来，嘴巴干得像毛料，发现火车停在某个不知名的小站——没有站名，也没人上下车，只有一个铁路员工站在那儿，手持咖啡杯，等着火车再次开动，然后把剩下的咖啡渣洒向站台。

*

他的孤独像乐器一样随身携带。形影不离。演出后，跟乐迷或路过的朋友聊天后，在酒吧待到最晚离开后，回家后，找到钥匙听着它们咔嚓打开静静的门锁后，走进永远跟他离开时一模一样的公寓后，把萨克斯盒扔进沙发后——所有这些之后，不管时间多晚，总会有一刻，他想要继续说话，想听见有人在煮咖啡或弄喝的，发出叮当忙碌的声响。每次这样回到公寓，他都会拧开酒瓶痛饮几口，然后穿着内裤背心坐下，尽可能安静地吹起他的萨克斯。住在阿姆斯特丹的时候，他会在夜里任何时候给美国的朋友打电话，但如今，只剩下了萨克斯，他试图用它来跟公爵、比恩（Bean），或其他什么人说话，他会花上一个多钟头，在酒瓶和萨克斯间轮换。

早晨醒来，他发现自己四仰八叉地躺在沙发上，怀里抱着萨克斯，那与其说是从中寻求安慰，不如说是要给予它某种保护。不远处，一个酒瓶躺在旁边，像是萨克斯喝多了，醉倒在地，而地毯上那块小小的污渍，是昨夜它喉咙里倒出来的呕吐物。有时瓶里还剩一小点酒，但今天它里面只有日光，光线从窗口斜射进来，把它像艘船一样装满。仍然躺在沙发上，他环顾整个房间，屋里充满了只有中午才有的寂静，大家都出去上班了，唯一的声响是一只狗孤独的吠叫，一个孩子在笑，或者好几条街外工人的声音。他放了热水，躺在狭窄的浴缸里抽烟，让热气润湿他焦枯海绵般的头发。只能听见龙头的滴答，他移动溅起的水花，肉体在浴缸里的吱呀。异国他乡，你的脑袋会变得空空荡荡。仍然抽着烟，他给自己裹上一条巨大的浴巾，打开窗户，迎接寒冷的金色阳光。他用唱机放起一张叫人醒来的音乐，步伐轻快地走到炉前煮咖啡，壶里还压实着昨天的粉末。当你有多得用不完的时间，你就会什么都不想，只凝神关注自己的每个动作：伸手去拿一根火柴，关小煤气，等冷水烧开。

切面包，涂黄油，听一天的第一张唱片，碎屑掉上他的背心和内裤。他喝咖啡就像喝啤酒，一口接一口，嘴里裹着发潮的吐司，感觉它分解成黑色的咖啡泥。

早晨之后——别人的中午是他的早晨——他披上棕色大衣，戴上帽子，出门散步。他在公园里游荡，看着落叶和长椅——长椅也有自己的季节。秋日的光线呈黄白色，角度如此之低，几乎可以照亮一切，哪怕是阴暗的落叶，或玫瑰从被修剪过的残枝。有人在一条长椅上留了张报纸，他坐下拿起来读。他的丹麦语不好，大部分都看不懂，但手里拿着报纸，看着铅字组成的方块和图案，猜想那是怎样一个特别的故事，这里有某种东西令他感到满足。自从移居国外，他就养成了这样看报纸的习惯，而这总让他想到范普·辛顿（Fump Hinton）五十年代在一间电视演播室给他、皮·威和瑞德拍的那张照片。妈的，范普总是突然就掏出那台相机——看上去他花在拍照上的时间跟弹贝斯一样多。不过，他跟一般人拍照的方式不同：很多摄影师让你觉得好像他们要从你身上偷走什么；而范普让你感觉就像一个朋友破产了需要钱，但又太骄傲不肯向你借，于是你不得不说服他收下，告诉他把那当成借款而非礼物，目的只是为了让他感到安心，好像那笔钱真的很重要。

他们四个正等着给一个电视节目排演一首短曲，但几个男人一起等在房间的感觉很奇妙，它让演播室看上去就像福利办事处或牙医诊所的候诊室。皮·威的样子根本不像爵士乐手，而更像个来自四十年代的英国喜剧演员，专演那种有个老婆不停唠叨的小职员。事实上他曾开枪杀过一个人，有十年时间，他只靠苏格兰威士忌和白兰地奶昔维生，从不吃东西——就连一小块牛排也嫌多。他需要一品脱威士忌才能爬起床，他变得如此虚弱，以至于在去酒铺的路上，必须像抱住久别重逢的老友那样抱住每个遇见的路灯柱。之后他在医院待了一年——肝脏和胰腺已经破烂不堪——等到出院他又开始喝。他个子跟本一样高，本有多壮，他就有多瘦。

本在看报，皮·威在抽烟，并三心二意地想让身上的运动服更合身：不知怎的它同时既太大又太小。他的领带扯着他的脖子，就像有个醉鬼在跟他厮打。裤脚和袜子间露出白猪肉色的皮肤，没有腿毛，似乎它们被穿了四十年的裤子磨平了。辛顿开始捣鼓他的相机，然后站起来咔嚓了几张。另外三个人不理他。瑞德越过身向皮·威要了支烟。之后瑞德似乎就无事可做了，只能不停提裤子，嘴里说着“好吧……”或者“该死”，同时一边将身体微微前倾。

本翻着报纸，清了清喉咙。他喜欢慢慢地、从容地、不那么仔细地看报纸，只是大致地翻翻。瑞德越过他的肩膀张望，皮·威轻轻晃动他的脚，腿架起又放下，竭力去看报纸之外的东西，任何东西——但如果三个人坐成一排，其中一个在看报，那么其他人就只有一件事可做：守在旁边等他看完，这样他们中的一个就可以接过报纸，让别人来羡慕。本咳嗽，清喉咙，擤鼻子。皮·威叹息，看手表，用牙齿吸气。瑞德又一次向前倾，说该死，然后放了个屁。皮·威擤鼻子擤得像个肺痨。

——伙计们，就我们弄出的这些声响，他们该出来跟我们定个三重奏，本说，他鼓起腮帮子，呼了口气，把报纸合上扔到一边。

皮·威把腿架起又放下，瑞德提了提裤子——现在他的裤脚已经接近膝盖。本把头上的平顶帽推得更加往后，发出大家期待已久的命令：

——走，看看有没有地方喝一杯。

那是多年以前，万里之外，但现在回想起来还是让他发笑。他放下报纸，看着自己呼出的白气如舒缓的情歌那样飘散。他擤擤鼻子，环顾毫无动静的天空，听到耙枯叶的温柔声响。天空像块大理石，正在朝冬天进发，大地变得坚硬。现在，夏天变得很短，他目光所到之处，全都是秋冬。他看见一个骑自行车的人朝他这边过来，嘴里喊着：

——早上好，韦伯斯特先生。他挥手致意，拿不准对方在叫谁，只听见轮子远去那缓慢的呼呼声。每个人都认识他，都以最高的礼节对待他。哪怕是极其简单的事情，比如有人微笑着喊他的名字，或者一条狗跑过来让他拍拍，都足以叫他泪流满面。他很容易哭，一旦意识到自己做了什么错事，或一旦有人对他做了什么好事，他都会哭，任何形式的真诚都会让他哭。

前一分钟还在把人揍得屁滚尿流，后一分钟就在哭。

*

也许所有的流放者都会被引向海，大海。在码头和港口的运转声中有一种内在的音乐，他常常觉得，布鲁斯的那种忧伤之美，全都体现在一声雾号里，哀鸣着驶向大海，向人们警告等待他们的危险。

他越来越喜欢在水边演奏。在哥本哈根，俱乐部打烊后，他会走到海港，吹着萨克斯，看苍白的朝阳升上灰色的海面。大海是他完美的听众，有双完美的耳朵：让每个音符都更深一点，延续得更久一点。在海面的晨光里，或黄昏的薄雾中，水手们倚在靠岸船只的栏杆上，码头工人暂停了卸货，听着他吹出一首首港口之歌。偶尔会有喝醉的水手，一只胳膊搂着妓女，另一只胳膊文着刺青，摇摇晃晃地经过，听上几分钟，然后朝地上并不存在的帽子扔几个硬币。他的演奏如潮水般强大而宁静，呼唤着，仿佛大陆其实不过是艘大船，在随波逐浪，驶向故乡。海水轻拍码头，应和着他想要的缓慢时光，粗重的缆绳被渐渐拉紧。鸣叫的海鸥随着他缓慢的节奏而盘旋。有一次两条鲸鱼冲过了阴影线，它们聆听着如涨潮般哭泣的布鲁斯，直到最后侥幸被海浪卷回，带着他的声音潜入深深的海底。当别人告诉他这件事，他哭了，感受到濒危物种间隐约的同病相怜。

在阿姆斯特丹，他在黑运河枝叶繁茂的水流边演出。在英国，他散步穿过切尔西桥，走向河堤区，桥上的灯光将一片暖意赐予向他涌来的人群，穿细条纹打着伞的商人，穿高跟鞋裹着披肩的女人。他低头看着泰晤士河，一条苍老疲惫得几乎流不动的河，左右两边都是绵延的桥梁，直到河流弯出视线之外。正值下班高峰，每个人不是涌进酒吧就是赶着回家，回到那些在光秃树枝间闪烁的，亮着吐司色灯光的房子。夜晚在蓝色的烟雾中游泳，街灯给藏青色的水面镶上珍珠。有意思，这景色让他想家，但他想的那个家却是伦敦。墨蓝色的天空，透过树枝的灯光，泰晤士河在下面打着悠缓的哈欠——即使当你正看着它，也觉得那像是回忆，像是你在对人们讲述往事。

也许那是因为伦敦恰如你心中所想的样子：出租车，红色巴士，白金汉宫，酒吧，以及蒙蒙细雨。还有，似乎你不管去哪儿，都会发现自己正对着某个著名的旅游景点：特拉法加广场，议会大厦，皮卡迪利广场，以及大本钟——他们在那儿给他拍了张照片，用作一张唱片的封面，一语双关。

他咳了几声，擤擤鼻子——这是伦敦的另一大特点，你老是感冒。妈的，他从没见过这么潮湿的地方。他把桥留在身后，在白色的街道上闲逛，直到看见一间小酒吧，招牌在微风中吱呀作响。他挤进去，穿过香烟的烟雾，要了杯啤酒，在吧台上给自己找了个位子。不断有人进来，越过他的肩膀递上几张英镑，滴滴答答地拿走几品脱温热的黑啤，一次买五六杯。整个空间都充满了男人们的喧闹声，喝酒，讲打架故事，杯里还剩三分之一就举起叫下一轮。打架跟喝酒——他从没见过像这样的地方。休息时在索和区乱逛，路上斗殴多得他数都数不清。这对他没问题，彼此彼此——虽然现在他已经不太打架。不久前他差点就要动手，但还是克制住了，告诉自己必须把那些怒火留给萨克斯。开始的几杯酒之后，他还会感到那种熟悉的好斗冲动，但再喝五六杯就过去了，所有野性都被冲走，随尿而去，他陷入一片闪亮的酒精沼泽。如今喝醉已无须他主动投入；那已成为每一天的必然趋势。有人曾对他说，玻璃并非完全是固体，如果你让一块窗玻璃立着，它会从底部，极为轻微地化开，那儿会比顶部稍稍宽一点。这个世界也是如此，一切都渐渐化开、渗出、坍塌。他不再像以往那样，越醉越疯，总发现自己处于一场酒杯风暴中，砸桌子，头破血流，像个举重运动员一样把人抡起来扔出窗外。或者像那次，他正在跟一个年轻的白人小伙子说话，这时一名喝醉的水手走过来，他还没来得及开始就被本结束了，一眨眼工夫，本已经把他踩在地板上，然后接着继续喝酒，继续讲他讲了一半的故事，身体靠着吧台，一只脚搭在不省人事的水手背上。打斗对他是家常便饭；只要没人拔刀子，他似乎对殴打的痛感毫不在乎，他的身体把一切都吸收了，因此打一场架的副作用跟酒喝多了没什么两样——除了有次他挥拳去打乔·路易斯①，结果断了两根肋骨，而他却醉得毫无感觉。

*

他一直是个大块头，孔武有力，而到了三十多岁，

---

① Joe Louis（1914—1981），美国著名黑人拳击手，多次获得世界重量级冠军。——译注

你可以感觉到他的躯体在伺机让自己膨胀得更大。随着时间流逝，他的身体和音乐变得几乎一模一样：庞大，沉重，丰满。站在舞台上，你会看到他圆乎乎的肚腩，圆乎乎的脸上大腹便便的眼袋——哪里都没有锐角。演奏时，他两眼朝头上翻，脖子和腮帮子鼓得仿佛就要变成一个完美的球体。他一直喜欢吹得很慢，而现在他的动作已经慢到那种地步：他身体想怎么动和他吹出的音乐之间，形成了某种谐调。他把情歌吹得如此柔缓，你几乎能听见时光压在他身上的重量。从某种意义上说，他吹得越慢越好：在他漫长的人生里，有许多东西要放进每一个音符。而同时又有一部分的他从未长大，他的情绪像小男孩，有时好像他只是在对着萨克斯抽泣，所以即使一首简单美丽的曲子，他也能吹得让你心碎。他有一副洪亮的嗓音，听到他如此温柔的吹奏，就仿佛看见一名农场工人手中轻柔地捧着刚出生的牲畜，或者一个在建筑工地工作的男人把一束花递给他爱的女人。在那首《棉尾兔》里，他发出的声音像职业拳击手的拳头，但他吹出的情歌却像个无比脆弱的生灵，冻得发抖，奄奄一息，唯有你呼吸的热气才能让它起死回生——它如此虚弱，连你的呼吸也感觉像一阵狂风。

*

——有人问到公爵的音乐哲学，他说：“我喜欢感人的眼泪。”本也是如此。他喜爱柔美的情歌，伤感的曲调。有人说伤感是无病呻吟，很容易做到，但那对爵士乐不适用。它很难做到，因为很难让萨克斯听上去那样温柔，那样百转千回催人泪下。如果你演奏爵士，你就必须为之而努力，为之而痛苦。这点音乐史已经证明。当本吹奏起布鲁斯或《感伤时分》(*In a Sentimental Mood*)，你就会意识到，所有那些关于伤感的观念是多么荒谬。他从不显得甜腻，因为无论他吹得多么柔软，里面总潜伏着低沉的咆哮。

*

他歌里的伤感来自乡愁。他总爱重提当年在堪萨斯城的那些即兴演出，把萨克斯风吹上一整夜，所有人都在你推我打，被掌声和朋友围绕。而如今，当大家在他独奏后鼓掌，他会伸出右手，挥舞着向观众致意，就像刚看见一个肩上绑着萨克斯盒的老朋友走进酒吧，希望能加入演出。当真的有朋友来了，他会发觉自己容光焕发，笑得像片甜瓜，只有这时他才意识到，自己笑成这样是多么罕见，多么难得。不像跟公爵一起巡演或在哈莱姆鬼混的那些日子——比如那次，他在瓢泼大雨中冲进明顿俱乐部，看见一个小子在吹次中音，萨克斯在他手里哀号和扭动，仿佛一只小鸟，而他正想拧断它的脖子。喘着粗气，雨水滴到地上，他听着那声音的环结自己系紧，又自己松开。听见萨克斯那样尖叫和哀号，就像看见一个他爱的孩子被人打。他以前从未见过那小子，于是直接跑到台上，等着对方吹完，然后说，就像那小子在乱玩的是**他的**萨克斯：

——次中音不该吹得那么快。

他从那小子手里夺过萨克斯，轻轻放到桌上。

——你叫什么？

——查理·帕克（Charlie Parker）。

——好吧，查理，你那样吹会让大家疯掉。

接着是笑出那巨大的哼笑声，就像有人在快活地擤鼻涕。然后他再次走进外面的雨中，像刚从一个牛仔醉汉手里缴械的警长。

他并不守旧，但他知道，音乐的生命是多么依赖于那样的场景。对他而言，爵士乐并没有后来人认为的那么难；他来自另一个时代，那时大家聚在一起就为了吹一曲。大家的想法是为音乐做点贡献，付出点什么，在萨克斯、钢琴或不管什么上找到自己的声音。但后来者觉得他们对音乐的未来负有责任——不只是他们自己乐器的未来，而是作为整体的音乐。他们觉得自己必须为下一个十年做点能改变音乐的事——直到六个月后又被其他人再变一次。他们奏出的每个音符都极度痛苦，他们无所不为，只为让萨克斯发出新的声音，他们似乎要勒死它，勒到它尖声狂叫，而音乐变得如此复杂，你必须在学校学上三四年才能指望去演奏点什么。但对本来说，爵士乐并非难事，它不是某种你必须与之搏斗，并在自己想象中重造的东西，爵士乐不过是拿起他的萨克斯，然后开始吹。

*

——如果你喜欢爵士乐，你就一定会喜欢本·韦伯斯特。你可以喜欢爵士乐而不喜欢奥奈特（Ornette），也许甚至不喜欢公爵，但不可能喜欢爵士乐而不喜欢本·韦伯斯特。

*

他随身携带着孤独，但他也随身携带着音乐——作为一种安慰。萨克斯是他的家，萨克斯和帽子，那些帽子，他与其说是戴，不如说是住在里面：平顶帽，软毡帽，被往后推得那么远，结果像瓜皮帽一样贴在后脑勺。早晨醒来，愉快地发觉自己压不皱的帽子还在头上——那是现在他所拥有的最接近温暖的感觉：长久在外，然后突然发觉你回到了自己床上。帽子和萨克斯：传统——他从未离开的家。

*

——本说他想看看英国的乡村，所以我们就开车去他住的公寓接了他，穿过没完没了的郊区开往乡下，开了很久都没完全离开城市。可看的东西竟然那么少，本很惊讶：没有铁路，没有告示牌或广告牌，只是一切都渐渐变得稀疏。我们路过的酒吧似乎全都叫“皇冠”，或者“狐狸与猎犬”。开过的每辆车都是黑色。天空阴云密布，等我们终于进入灰暗的乡村，开始下起了小雨。云朵拥抱着我们四周起伏的山丘。

我们把车开出主干道，停好，在没有引擎声的寂静中坐了一会儿。我借给本一双威灵顿长筒雨靴，等他挣扎着穿好，我们就沿一条狭窄的小径开始跋涉，一路踩着水洼。我们经过一扇破败的大门，树篱变得荆棘丛生，雨小得简直就像飘在空中的湿气。我们排成一列走，我妻子打头，然后是本，气喘吁吁，他香烟的烟雾在空中缭绕。我们顺着条小径走进一片小森林，林中一片昏暗，但眼睛很快就适应了。有一小会儿，雨下得大起来，我们能听见雨点打在头顶高处的树叶。当我们来到森林边上，本说他累了，让我们继续走，他在那儿等。那条小径带我们绕着田野边缘转了一大圈，最后通上一座小山。我们担心本可能会等得不耐烦，于是便往回走。结果很难在林间找到回去的路，十分钟内我们就彻底迷路了——能恰好在前面离开本的地方碰见他，完全是运气。看见他时，我们正朝着森林的边缘走，想沿小径原路返回。他看上去很魁梧，身上裹着轻便大衣，平顶帽压在头上，完全不搭。我正要喊他的名字，但那幅场景里有一种幸福感，让人不想去打扰。太阳冲破地平线上的云层，一些树被勾勒出黑色的轮廓，另一些则被染上金光。残留的雨点从树叶间滴落，林中弥漫着潮湿的寂静。鸟儿们离开高高的树枝，飞过田野。他就在森林边上，身体靠着门柱，目光越过田野，望着远处从一户农舍飘出的炊烟。云朵在黑色的山丘上缓缓移动。我们站着一动不动，不发出任何声响，仿佛突然发现了一只美丽的鸟儿，之前从未有人在这种地方见过。

你问我他的音乐对我意味着什么。听他的音乐，我就无法不想到那个下午。对我来说，他的音乐听起来就像那幅场景，那就是它对我的意味。我能说的就这些。

天还没亮，但黑夜已经让位给黎明前的灰暗，房子里亮起灯火，地平线上的树木等待着，如同瘦弱的牲畜。

公爵伸手打开收音机，调到一个回顾早期爵士乐的节目。他们在放国王奥利弗的唱片，继而又提起那个熟悉的故事：当新奥尔良的妓院倒闭后，音乐家们沿密西西比河而上，于是爵士乐传遍美国。公爵几乎没在听，他脑海里出现了一个想法。他关掉收音机，陷入沉思，用铅笔轻轻敲打着仪表盘。对，也许那就是他要做的：从某个人开始，当多年之后，当他开车穿越美国时打开收音机，听着来自过去的音乐片段，不是阿姆斯特朗（Armstrong）那类音乐，而是一些现代家伙，一些最近很活跃或至今依然活跃的家伙，但在这个人听的时候他们已经死了——他没有经历过他们的时代，他只是通过唱片了解他们的音乐。一个在未来回望过去的人：让音乐听上去有三四十年后的感觉。以那种方式，他将尝试着把这个人听到的和他听时所想到的融为一体……

——听着，哈利，我觉得我找到点子了。

——什么点子，公爵?

——一条思路，他说，开始在仪表盘边上找纸。

太阳从地平线探出头，透过树木的黑睫毛斜睨着。当天空变成金蓝色，汽车不知不觉加快了速度，仿佛它跟新一天的约会已经迟到。

查尔斯·明格斯

Charles Mingus

美国是一阵狂风，不断抽打他的面孔。他这里的美国是指白人的美国，而白人的美国是指他不喜欢的美国。比起那些小男人，风吹在他身上的力度更猛；他们觉得美国是一阵微风，但他却能听见它怒吼，即使当树枝都静止不动，当美国国旗垂在大楼侧面，像块缀满星星图案的围巾——即使那时他也能听见它怒吼。他的反应是回以咆哮，感觉到对方冲向他的澎湃敌意，便以同等的敌意冲向对方，仿佛两辆重型卡车，在一片大陆那么宽的马路上飞速相撞。

他在格林尼治村骑车，自行车被他硕大的身躯压得快要散架。风守在每个街角，像暴徒一样把脏东西扔到他脸上——报纸、空罐、食品包装纸、沙砾、油渍斑斑的破毛衣。他一路与其他马路使用者争论不休，连续四条街不停地跟一名客货两用车司机相互咒骂，因为他肩膀不小心碰到了车的后视镜。他对任何挡他道的人都大吼大叫——每个人都挡了他的道：开卡车的男人，汽车和出租车，行人，骑自行车的女人——都一样，什么都一样。不仅是人，还有路面坑洼，停着的汽车，过长的红灯时间。

*

他的愤怒从不离身。即使当他平静时，怒火的指示灯也在闪个不停，随时准备爆发。即使当他沉默时，他脑子的某部分也在吼叫。他不知道自己为什么这样，但他知道自己必须这样，别无选择。他的愤怒是一种形式的能量，怒火的一部分将他点燃。那就是为什么他变得越来越庞大，目的就是要容纳下体内正在进行的一切——但不可能装得下，除非他有一座楼那么大。他仿佛一个国家，那里的气温每几秒就会剧烈变化——但不管怎么变都很狂暴：暴冷，暴热，暴雨，暴冰。

*

他的身体有自己的气候，几个月形状就会变化，一下子重五十磅，然后又同样快地轻掉。有时他是肥胖，有时则是魁梧，但总的来说他变得越来越庞大，他的身体呈现出旧毛衣的模样。

他试过减肥食谱和吃药，但照样每晚狼吞虎咽三四顿，每顿桌上都堆满了另外点的配菜和加菜，最后结束时再来好几碗冰激凌。冰激凌他永远吃不够——多么美味，多么可口，管他呢。有次他减肥瘦了四十磅，没人注意到有任何不同，那就像从一座房子那么大的图书馆里抽掉几册薄薄的小书。正如你必须找到自己的声音，你也必须找到自己的体积，而传统规定：越大越好。他的体重从未让他行动迟缓；长得越胖，他反而变得越紧张，像个要挤爆的旅行袋。

人们说他是个传奇，说他高于生活——似乎生活是个小玩意，是件小了几码的夹克，他每动一下就要绽线。

明格斯明格斯明格斯——不是名字而是动词，就连沉思也是一种形式的行动，一种内在的冲力。

他渐渐呈现出他乐器的重量和面积。他变得那么重，贝斯似乎成了帆布袋，他只需往肩上一甩，几乎感觉不到重量。他变得越大，贝斯显得越小。他可以迫使它顺从自己的想法。有人弹贝斯像雕刻家，在一块沉甸甸的石头上雕出音符；明格斯弹贝斯像摔跤，逼近对方，抱住不放，抓住脖子，像扯肠子那样拉扯琴弦。他的手指如钳子般有力。有人宣称看见他拇指和食指间夹着一块砖头，在他捏过的地方留下了两个小窝。然而他有时也会无比温柔地触碰琴弦，宛如一只蜜蜂落上粉红的花瓣，而那朵花生长在非洲某个无人去过的地方。当他对贝斯弯下身去，它发出的声音就像教堂里成千上万的会众在哼唱。

明格斯手法。

*

音乐只是不断扩展的明格斯项目的一部分。每个姿势，每句话，不管多平常，都和所有其他事一样，散发着他的自我：从系鞋带到创作《冥想》（*Meditations*）。最短暂的一瞥，就足以表现他的整个人和音乐——比如辛顿拍的那张他看报的照片……

明格斯坐下。坐到椅子上似乎没必要如此用力，但有关明格斯的一切都是过量的。他拿起《纽约时报》，粗暴地抖开，用那种他对报纸一贯持有的“什么破玩意儿”的态度把它摊平。他不耐烦地读着，两只手稳稳地紧握住报纸，似乎正在抓着它的衣服翻领，他这里那里地挑出几行，前前后后跳着读，在某些地方停一下，然后又整段略过，然后又再回来，这样一篇文章他用了四五种不同的看法，最后还是没看懂。他看上去就像有阅读障碍症：皱着眉，嘴唇似乎即将要念出看到的词，像个老头在侧耳倾听。他每动一下椅子就放屁，吱呀。他吃着甜甜圈，眼睛盯着报纸不放，一只手把甜甜圈撕成两半，像蛇吞鸟那样塞进嘴里，咀嚼，吞咽，用咖啡送下去，扫开报纸上的面包屑。读完了，他一把将报纸扔到地上，似乎很厌恶，似乎他无法忍受再多看一眼。

或者另一张照片，这次在一家餐厅，他身穿银行家的细条纹西装，圆顶硬礼帽，戴墨镜：明格斯男爵。拍完照他很快酣然入睡。上菜时他醒了，立刻开始把侍者支使得团团转，用一口从大鸟那儿学来的口气嘲讽的英语：

——我说，老伙计……

要么是——嗨，嗨，你……服务员。两者轮换。

发觉邻桌的一对夫妇面带不悦，他双手并用地抓起牛排，开始狼吞虎咽，吃得啧啧有声——嗯呀，啊呀，哈呀——像个动物在大嚼特嚼它刚杀死的老鼠肉。谁敢说一声就把这地方砸个稀巴烂。

*

他被公爵的乐队开了，因为他举着消防斧满舞台地追胡安·蒂佐尔（Juan Tizol），把蒂佐尔的椅子劈成两半，而当时公爵正准备演奏《搭乘A列火车》（*Take the A Train*）。后来，公爵微笑着问明格斯为什么不事先告诉他，这样他就可以插进几个和弦，在谱子里加点东西。公爵从不解雇任何人——所以他让明格斯辞职。

没人受得了明格斯，明格斯也受不了任何人、任何事。他下定决心，不让任何东西挡他的道——任何东西——结果他的人生变成了一场障碍赛。如果他是一艘船，那么大海就挡了他的道。等他意识到自己的行为产生了反效果，命运已开始用其诡异的方式向他索赔。

*

对明格斯来说，不存在自相矛盾这种东西：任何事，只要是他做的或说的，就自动被赋予了一种完整性。此外，他的音乐着力要消除所有的差异：创作与即兴，粗犷与精密，狂暴与温柔，好斗与抒情。即使提前排练好，也必须有自发的激情；他想回到音乐的根源去探索。最具前瞻性的音乐是那种对传统挖掘最深入的音乐：比如他的音乐。

年轻时他很骄傲自己对西方音乐理论的了解——直到罗伊·埃尔德里奇（Roy Eldridge）说他屁都不懂，因为他没听过科尔曼·霍金斯的独奏，也不会唱。只需一个提醒，他就意识到自己其实一直都懂。他变得鄙视那些在书桌边绞尽脑汁的铅笔作曲家，并彻底放弃了在纸上谱曲。

*

——他不想让任何东西被写下来，因为那会让一切过于固定。相反，他会在钢琴上把各部分弹给我们听，哼出旋律，解释作品的框架以及它们要用的音阶，这样过几遍——唱啊，哼啊，在放在手边的不管什么上拍啊——然后就留给我们自己发挥了。

只不过我们必须发挥得如他所愿。

在台上他会吼出各种指令，驳斥节奏乐器，曲子演到一半时高喊“等等，等等”，因为他不满意，向观众解释说杰克·拜厄德（Jaki Byard）他妈的不会弹琴，当场就把他炒了，然后重新开始，但过了半小时，他又让钢琴师归队。

他的贝斯押送着每个人行进，仿佛一柄抵在囚犯背上的刺刀。除此之外，你还会听到不绝于耳的命令，并始终感到一种肉体攻击的威胁。谁也不知道结果会怎样：塞·约翰逊（Sy Johnson）抬头看见明格斯扔下贝斯朝他走来，在他正上方张开大嘴唾沫横飞地说他这个狗娘养的白猪多么没用，用拳头猛击钢琴，就像把他打倒在地后正在揍他的脸。约翰逊的恐惧变成了愤怒，开始用力捶打钢琴，似乎那是**明格斯的**脸。

——这白小子还真能弹，明格斯叫道，在钢琴的轰鸣声中咧嘴大笑。哈哈。

*

有时他一个晚上会炒掉半个乐队。更常见的是，人们干脆直接走掉，因为他们无法忍受那潮水般的恐吓和辱骂，就像那些从肥沃的火山山脚搬走的人，被火山何时喷发的担忧折磨得筋疲力尽。还有些人一直跟着他，知道他的创造与他的愤怒密不可分。为了做音乐，他必须达到一定程度的反复无常，因而勃然大怒与正常反应对他是一回事。在生活和音乐中，他总是稍快一拍，将要发生的事还没发生他就做出了反应。但了解他和爱他同样无法帮你抵御他的怒火。你可能已经为他的音乐、他的利益奉献了二十年，然后发生了一件什么事，他照样对你下手。因为不喜欢吉米·耐普（Jimmy Knepper）独奏的方式，他便走过去，对着他肚子来了一拳，然后离开舞台。耐普依然跟着他，直到又被打了一次，打掉他好几颗牙，毁了他的长号吹口。这次他不干了，把明格斯告上法庭。听到自己被称为爵士乐手，明格斯做手势让律师安静——似乎他正在舞台上，演奏得不合明格斯心意。

——别叫我爵士乐手。对我来说“爵士”这个词意味着黑鬼，歧视，二等公民，整一个只配坐巴士后座的货色。

证人席里，耐普摇着头，已经开始怀念。

*

他强行让自己在每种乐器上都能被听到。迈尔斯和柯川寻找声音可以跟自己互补的乐手；明格斯则寻找可以在不同乐器上体现他自己风格的乐手。他总是对鼓手不满，当众把他的打击乐手臭骂一顿之后，他遇见一个二十岁，才打了一年鼓，名叫丹尼·里奇蒙德（Dannie Richmond）的小子。明格斯强迫他完全按自己的想法打，按自己的样子塑造他。

——别玩那些破烂花腔，这是我的独奏，伙计。

丹尼跟了他二十年，只有在明格斯那里他才能找到自己的音乐身份。明格斯越胖，丹尼就越瘦——似乎连他的新陈代谢也在自动跟明格斯保持平衡。

*

——跟他一起演出，有时你会非常害怕，但有时你也会玩得比跟任何其他人在一起都过瘾，感觉不像乐队，更像一群横冲直撞的野兽，明格斯的怒吼变成了振奋人心的口号：

——说出来，说出来，说出来。他的声音尖厉得像抽在马背上的鞭子。

——对，对，对。

*

当音乐激烈到一定程度，达到的压迫感甚至比他内心的还强，成为一种所向披靡的急切冲动，而每个人看上去就像正在等待残酷死神的光临——这时他便开始在音乐中呼叫和呐喊，驱赶它继续，好让他感觉到台风眼的宁静，他嘶吼，号叫，像弗兰肯斯坦对自己放出的怪物那般狂喜和惊骇，为这一切不受自己控制而高兴。明格斯式幸福——没什么能胜过那种震撼，那种激流奔涌。全速行进的乐队就像几只飞驰的猎豹正在被一头大象追击，而大象似乎总是差一点就要把它们踩在脚下。

他在自己的音乐里塞满了生活，塞满了城市噪音，以至于在三十年后的将来，当你听着《直立猿人》（*Pithecanthropus Erectus*）或《唤猪布鲁斯》（*Hog-Calling Blues*）或其他随便哪首排山倒海的狂野之作时，会分不清那些哀号和尖叫到底是唱片上的萨克斯，还是经过窗外的巡逻车红白闪烁的警笛在嘶鸣。靠聆听那些音乐，便是参与其中，加入创作。

*

——他咒骂我们，恐吓我们，我们这些乐队成员，但跟他对观众发表长篇大论的架势比，那根本不算什么。他会把演出时在下面说话的人痛骂一顿，然后再接着说上半小时，口若悬河，痛斥每个在座的观众，单词以一百英里的时速用**拖腔**喷出来，在所有角落回荡、轰鸣。人们头几个字还没听清，他一句话已经快说完了，而等他们明白了他说的意思，他已经转而去攻击别的东西：俱乐部老板，演出经纪人，唱片公司，评论家。随便什么，他痛恨一切。

*

他的音乐接近于种植园奴隶的哭喊，他的说话倾向于思想的原始混乱。被说出的意识流。他的思想恰恰与专注相反：后者意味着静止，沉默，长时间的投入吸收；而他更喜欢飞快移动，大面积地覆盖。思想对他来说就是建立一连串的相似性：**就像，正如**……

有人来看演出部分是为了听他的音乐，部分是希望他能给他们来一通激愤的长篇大论。大部分人都会呆坐在那儿听，任何人敢顶嘴就可能牙齿被打飞。一个醉汉不断要求点一首明格斯不想弹的歌。最后他把贝斯扔到那个醉汉脸上。

——那你弹。

*

当他遇见罗兰·柯克（Roland Kirk），就像找到一个出生后就失散的亲兄弟。柯克如同一部黑人音乐的百科全书：他的所有知识不是储存在脑海里，而是储存在身体里，不是作为学问，而是作为感觉。他无所不知，但却摒弃了思想，把感觉提升为一种富有生气的智慧。他让梦引导自己：在梦中他第一次看见自己同时吹三只萨克斯；是梦告诉他称自己为罗刹（Rahsaan）。

柯克跟明格斯很像：他所演奏的一切都包含着某种呼号、哭喊，那是黑人音乐跳动的心脏，那哭喊里有悲伤，有希望，有反抗，有痛苦。除此之外还有问候，那种对朋友和兄弟的高呼，让他们知道你在前进。无论爵士乐怎么变，那种哭喊都必定会在。剥去外在的模式，爵士乐后面是摇摆乐，摇摆乐后面是布鲁斯，布鲁斯后面是呐喊，是黑奴在田间的劳动号子。

柯克来找他时，明格斯就开车带这位盲人到处转，他急打方向盘，颠过地面的坑洞，猛按喇叭，在路边水洼溅起鱼鳍状的水花，一切都是为了让柯克能感觉到他看不见的旅程，开车时车窗摇下，这样他就能听见湿地面的嗖嗖声，雨刮器偶尔的吱呀声，潮水般的汽车喇叭声。而在所有这些声音之上（甚至当他企图直接掉头，让车整整三分钟呈直角插入密集车流的时候），明格斯始终在滔滔不绝地提出各种问题、观点、主张，只有在对其他司机和骑自行车的人破口大骂时才暂停。

——你是在开车还是操他妈蛋？

每过一会儿柯克就会热烈地点头，伸手去碰明格斯的胳膊，拍拍他的肩膀表示赞同，开怀大笑。早晨，他们面对面坐在一家小餐馆，柯克被他消灭食物的能力惊呆了：在开车途中他们已经去过另外两家餐厅，每次他都要干掉数量庞大的食物和酒。他一到这家小餐馆就狼吞虎咽地吃了一堆蓝莓松饼和冰激凌，现在正猛攻鸡蛋、双份培根、腊肠，以及土豆饼，他把叉子戳进土豆，似乎它们还在地下，必须连根拔起。

——你挖过土豆吗，伙计?

——没挖过，明格斯说，他嘴里塞满了食物，以至于每个字都必须挖个洞钻出来。

——但你喜欢吃，对吗?

——对，我喜欢土豆。

——还有鸡蛋。

——对，鸡蛋也很棒……嗨，嗨，服务员，再来点咖啡。你还要咖啡吗，伙计?

——好，我再加点。

当侍者把咖啡泼进他们的马克杯时，明格斯盯着柯克的黑墨镜，感到不可思议——通过嗓音，通过动作发出的重量和声响，对方竟能那么确切地感受到自己的灵魂。

——双面煎蛋，柯克最后说。

——对。

——不错，不错。你知道月亮很快要撞上地球了吗?

——你从哪儿听说的?

——记不清了。也许根本不是听说的。

——拉倒，伙计。明格斯笑道，笑声从满嘴松软的吐司间透出。

——鸡蛋看上去像什么，明格斯？

——鸡蛋？

——对，告诉我鸡蛋看上去像什么。

——你几岁失明的？

——两岁。

——你见过太阳吗？

——见过，应该见过。我记得太阳。

——鸡蛋看上去就像它，就像太阳。黄色，明亮，四周是云。

——像太阳，呃？哈。形容得不错，伙计。人们闭上眼睛，他们能听见太阳，如果你闭的时间够久。有时我想在萨克斯上吹出太阳的声音，也想吹出月亮的声音。不过，我跟月亮关系的密切程度从来都比不上跟太阳的，或者跟云的。

几乎在柯克意识到一切是什么之前，色彩便已开始渐渐黯淡。有些晚上他会梦见自己看见树的枝丫在朦胧的蓝色天空下伸展，或者一条狗穿过空地奔入一片有屋舍和田野的风景。他从未见过这些东西——或者至少他不记得自己见过。他从未梦见过大海，但他能想象出它的样子。他听见过大海，也闻过，由此他形成了一幅画面：大量的水，充满了这颗星球上那些巨大无比的陷坑和沟谷。当一股强力将海水向岸边推去又拉走时，他能感觉到那种声响。那跟他小时候听过的福音音乐有某种相似之处，浩瀚的拉弦和震荡声漫过教堂里所有的教众。

天气也有自己的声音。下雪时，所有声音都被裹住了，地面在你脚下嘎吱呻吟；晴朗的日子一切响声都明亮而蔚蓝；在秋天的夜晚，他听到的一切都笼罩着一层雾晕。在城市，有汽车驶过路面的隆隆声，持续不断的喇叭声、吼叫声、呼喊声、排风口蒸汽的嗞嗞声。沉默则是用来覆盖其他声响所需的最低限度的声音。

从柯克眼睛所在的地方，明格斯看见自己那张吃东西的脸。他希望音乐能像太阳对于盲人——或像你饥饿时的大快朵颐——那样即时和本能，那样必不可少。还有另一样东西——一样柯克让他感到有十足把握的东西。必须还有另一种声音，那声音肯定也能在种植园听到，事实上无论在哪儿，无论条件多么恶劣，那声音收工时你都能听到：男人们在一起大笑。

*

他把柯克送回家，然后回到自己的公寓，在那儿迎接他的是一幅混乱场景：窗户大开，一大叠纸被吹得满屋都是。不管住在什么地方，他都会像堆积体重那样堆积东西。他如果走进一家商店，看见喜欢的东西，不管那是什么，都会买上整整一架子。最后，当他发觉自己被包围在一大堆无用破烂儿、潦草便条和废弃项目中的时候，他便会把什么都塞起来，抱起一大捆纸扔进书桌抽屉，就像他在给火炉加燃料，或者把东西全推到房间最远的角落，仿佛那是城市边缘的垃圾场。

他的脑袋是个抽屉，里面塞满了残余的意图和不断到来的灵感碎片。他的长作品充满了以前作品的残片，他越来越倾向于写一部单一的作品，它将涵括他以前写过的所有东西。然后还有他那部性狂想曲般的自传，较之一本书，它更像一只巨大无比的抽屉，他在里面塞了数百页笔记，要等来日再分类、编辑、整理，一个文字的肥料堆。每过几周他就要扔进更多章节，任由其发酵沉淀成可处理的篇幅。听他说话就像读一本印在溶化黄油上的书，句号滑进一句话中间，词语之间相互缠绕。那就是为什么他的书会变得一团糟：他无法让他的语句固定在纸上。

他相信你可以在音乐里说出一切，但他还有更多想说。他在台上向观众咆哮，飞快地背诵信件——给爵士乐杂志的，给美国劳工部的，给马尔科姆·X[①]的，给FBI的，给夏尔·戴高乐的——并对评论家发出威胁："我的布鲁斯除了我没人能唱，正如我要是想给你嘴上来一拳也没人能为你求饶。所以这辈子都别靠近我。"在电视上他要求参议院委员会调查为何有那么多黑人音乐家最后变成了穷鬼。他宣称有黑帮想害他，又警告别人他的黑帮朋友会干掉他们。他口无遮拦想说就说，因为在他看来自己没有任何东西需要隐瞒。人们问他——轻声地——他以为自己是谁？那很好回答：他以为他是查尔斯·明格斯。独一无二的查尔斯·明格斯。

为了让自己摆脱那个叫美国的控股公司的操控，他战斗在每一条可能的战线。他想拥有他演出的全部收入，那是他的演出。他创立了自己的唱片公司，并组织了一场音乐节跟官方的新港音乐节对着干——拿着扩音器开车满城转，让大家去他的音乐节，就像在说投明格斯一票投明格斯一票。他想拥有自己的俱乐部，一家他可以放舞曲的舞厅，一所教音乐、艺术和体操的学校。永不满足。确信自己一直以来都在被人坑，他决定让他的唱片只能通过邮购获得——结果差点被告上法庭，因

① Malcolm X（1925—1965），美国著名黑人运动领袖。——译注

为别人被他坑了：顾客们寄去了支票，却始终等不来唱片——由此更增加了“明格斯公司”的混乱。他不是做企业家的料：他是那种人，接电话的时候会打翻桌角的咖啡杯，咖啡杯会掉进打开的抽屉，从而确保不仅会把恰好在抽屉里的文件毁掉，而且电话另一头听到的第一句话不是有人用愉快的语调说“你好，有什么能帮你”，而是明格斯大叫着说“妈的”。打电话时，他总难以克制地想吃东西，因此他总是用不停咀嚼食物的嘴谈事情，一只手不断伸进一袋炸薯条，把已经鼓鼓囊囊的嘴塞得更满，话筒里充满了飞撒的碎屑和对话，就像信号不好的收音机，经常迷失在静电干扰突发的咔嚓咔嚓里。尽管如此，他说话的要点却十分清晰；明格斯跟人谈话通常都会发展成怒吼，“你这该死的操蛋白猪，你最好当心点，我现在就过来踢死你”，然后把话筒甩回底座。过了几秒又拿起来，听到是一阵垂死的抱怨，而非他想要的呼噜呼噜的信号音，便把整部电话机猛地砸到墙上，这才发出暂时满意的哼哼。

他毁坏东西的速度跟堆积东西一样快。全纽约到处都是被他砸坏的东西的残骸，它们因被毁了一半而增值。有天晚上在先锋俱乐部，他要求马克斯·戈登（Max Gordon）当场付钱。周围谁也没钱，所以明格斯只好用刀威胁他，把酒瓶一个个砸得稀巴烂——就像个禁酒期的警察面对隐藏的私酒。他四下张望，看还有什么别的好砸，然后一拳打穿了一盏灯具。他们称其为明格斯灯，并让它保持原状，留着给游客参观。迈达斯[①]是点物成金，他是毁物成金：他毁掉的一切都成了传奇。

*

在德国他继续乱来：砸门，砸麦克风，砸录音设备，砸宾馆里的摄像机，音乐厅里的摄像机也砸——无论在哪儿演出，他所宣称的对纳粹盛情款待的抗议都在等着乐队。明格斯和乐队其他成员回家了，但艾瑞克·杜菲（Eric Dolphy）留下来开他自己的演奏会。当他在柏林去世，身边那些人甚至不知道他是谁，音乐史中所有对明格斯的残酷和不公似乎都汇集到亲切、温柔的艾瑞克身上。爵士乐是一种诅咒，一种威胁，笼罩着每一个演奏它的人。他写过一首《别了，艾瑞克》（*So Long，Eric*）作为道别，而今它成了一曲挽歌。

他需要艾瑞克。他的演奏是如此狂野，如此出乎意料，以至于明格斯发觉它能让自己平静下来。明格斯可

① Midas，希腊神话中的弗里吉亚国王，拥有点石成金的能力。——译注

以像别人一样狂野自由地演奏，但就他所知，那些制造出哐哐当当的前卫音乐的家伙甚至都懒得去学他们的乐器。他曾短暂地跟提摩西·莱瑞（Timothy Leary）的某个酸脑自发创造项目搞在一起，他对莱瑞说的话适用于所有那些搞新玩意、新音乐的噪音狂。

——伙计，你不可能在一无所有上即兴创作，他说，对周围的混乱不堪摇摇头。你总得有什么东西。

充其量，自由爵士不过是一种转移，从长远看甚至会有好处：过了一阵子，当人们看这是条死路，于是他们也许会意识到，唯一正确的前进方向就是让音乐更激烈地摇摆。二十年后，一旦他们花样玩尽了，像谢普（Shepp）之类的人就会又回到布鲁斯上，你瞧着吧。

人们觉得杜菲前卫、实验，但明格斯却听见他在呐喊，似乎在竭力呼唤那些死去的奴隶。明格斯一直坚信，那就是布鲁斯的灵魂：那是为死者而奏的音乐，召唤他们归来，给他们指明复活的道路。而如今他意识到，布鲁斯中有部分跟那正好相反：那是一种让自己成为死者的欲望，一种帮助生者找到死者的方式。现在他的呼号是一种对艾瑞克的召唤，向他问路，问他身在何方。他的独奏变得更加深沉，摇摆得像掘墓者的铁锹，重重挖入潮湿的地下。

一次他和大鸟曾在演出的间隙讨论过转世。

——你说到点子上了，明格斯。我们到台上谈，大鸟说，拿起他的萨克斯走向舞台。他跟艾瑞克做过同样的事：在台上相互交谈，中音萨克斯与贝斯之间相互辩解、描述、反驳。如今他再度呼唤艾瑞克，但已没有回音。他知道艾瑞克能听到自己，但无法回应。那需要时间。那就像儿子要渐渐才能长得像父亲；要一直等到父亲去世，他的精髓才会在儿子的每一个姿态里重现。所以要过一段时间，传统才能吸收杜菲的精髓与姿态，那么，当有人以某种方式演奏低音单簧管或中音萨克斯，那些乐器仿佛就成了一种媒介，通过它，死者可以歌唱，通过它，艾瑞克可以说话。你到处都能听到大鸟、霍克，以及莱斯特·扬——你永远不可能那样无处不在地听到艾瑞克，但总会有人在某些地方呼唤他，而如果那呼唤足够强烈，他就会回答，就会让大家听见。

艾瑞克艾瑞克艾瑞克。

而当明格斯死去的时候，你无须用力呼唤就能听见他，你只要拿起贝斯，他就会出现在房间：在戴利（Dyani）、霍普金斯（Hopkins）和海登（Haden）那里你都能听见他，同样，你也能听见佩蒂福德（Pettiford）和布兰顿（Blanton）在通过他说话。

所以他给儿子取名为艾瑞克·杜菲·明格斯，不是纪念，是期待。

*

在五点俱乐部，他身穿一件肘部有洞的旧毛衣和一条破裤子，看上去像个邋遢的穷农夫——故意想让那些穿晚礼服来听他音乐的白人难堪。他正在弹《冥想》，正在试图召唤艾瑞克，想跟他交谈，但却只听见坐在舞台旁边一个女人的说话声，像冰块在酒杯里那样叮叮当当，她说得那么起劲，显然已经忘了自己在哪儿，更别说谁在台上，或他在弹什么。在意识到自己做了什么的前一秒，他已经大发雷霆，一贯如此。等发觉自己在向她怒吼的时候，他已经踢翻了她的桌子。等桌子倒地的时候，他已经气冲冲离开了舞台。当酒杯的粉碎声沉寂下来，他听见她也在向他吼叫。酒吧里的一个醉汉也加入进来，他的声音就像会说话的秃鹫发出的。

——查理，这可不好，这非常不好。

一时间他很想把那家伙的头按到吧台上，把它砸成一袋砂糖，但无论何时，只要那样的想法一出现，只要预感到会发生什么，那就意味着什么都不会发生——或者会突然发生别的事，突然到连他自己都毫无察觉。他一把抓住贝斯的颈部，怒视着面前的观众，向他们恳求。他转向某个人，那个人后来说，当他那样瞪着自己的时候，他看见明格斯的整个一生都从这个贝斯手眼中飞掠而过。那一刻，他完全明白了做明格斯是怎样的感受：所有沉重的一切，他如何无法忽视或隐藏任何事情，他如何对自己的情感缺乏丝毫控制。

他把贝斯砸到墙上：尖锐的碎裂声，琴弦发出洪亮的共鸣，他手里只剩下了贝斯颈部，靠四根琴弦跟主体连在一起，就像个拉线的木偶乌龟——当他直接在上面踏过去，它在他的重量下裂开，变成碎片，分崩离析，像一片涂过漆的木质海洋。他让贝斯颈部从自己手中滑落，所有人都鸦雀无声，只有那个醉汉在喊：

——哦，真重，查理，真重。

他再次看看那个家伙，已经没有任何想打他的念头。他的愤怒已经变得苍白、透明、绝望，如同滴落水槽的水。他出门走上街道，身后拖着俱乐部的寂静。

*

在贝尔维医院，他首先注意到的是气味：一切都散发着浴室的洁净。然后是瓷砖和墙壁的白光。然后是声音，手推车轮子穿过疯人院长廊的吱吱声，再然后，到了夜里，尖叫声。整夜都有人尖叫；甚至睡着时明格斯也能听到尖叫声刺穿他的梦境，贝尔维的一道地狱风景。早晨，又是忙碌的医院式寂静，没有人提及夜晚的尖叫，虽然它等在每一天的尽头。服了镇静剂，他的愤怒被药物冲淡了，平静像块毯子覆盖着他，他躺在床上，看着天花板，那些电灯仿佛挂在白色天空的行星。

*

他压迫贝斯，但无法征服贝斯。有时他胳膊搂着它像个老友。但现在它开始显得巨大，他拖着它像拖着袋石头，几乎让他受不了，几乎把他压垮。如果他不经常练习，一碰琴弦就会割破他的手指。除此之外，他手指的僵硬现在久久不肯消失，有些天它们感觉不只是僵硬而是麻木。他的脚趾也是。一连几天，双手动一下都变得困难，他感到麻木正沿着胳膊一点点爬上肩膀，但它爬得如此之慢，他简直可以让自己相信它根本没动。

在中央公园，一轮有培根纹路的落日映红了冰冻的大地。他看着冰层挤向池塘温暖的中心，知道自己正在渐渐瘫痪。就像弗拉明戈舞——多年前在蒂华纳他就意识到了这点——爵士乐是一种离心运动，它就像一阵不断逃离身体的脉搏，从心脏向外游移，一边离去，一边警觉地脚打拍子，手打响指，如风中的落叶。而瘫痪恰恰是对爵士乐那种运动的否定和反击：它从身体末端开始，从手指和脚趾开始，然后一路向内，直达心脏，抹掉自己行进的所有痕迹。

在贝斯上找音符变得越来越困难——他知道它们在哪儿，但无法让手指抓紧。他越来越多地求助于钢琴，但很快他的手指对琴键也感觉太生硬。因为无法演奏，所以作曲变得更难。他不像迈尔斯，可以在脑中听见音乐，然后只需简单地将其转化到乐器上。明格斯只有在演奏时才能听见。作曲对他来说就是私下里没有听众的演出，要作曲他就必须演奏，而现在他发现自己已无法演奏。明格斯的音乐就是明格斯，音乐的旋律就是他自身的旋律，所以当他开始失去行动自由，他的音乐也开始失去动力，变得庞大而静止——变成一个名词。

*

他拿起电话，慢慢地，就像人们举杠铃锻炼自己的肱二头肌。是柯克，罗刹，一年多来这是明格斯第一次听到他声音。就在上次他们见面之后，柯克得了一次中风，导致半身不遂。医生说他再也不能演出了。最初他连路都走不了，当他学会了走路，就开始爬楼梯，等他那也行了，就开始再次拿起萨克斯。他花了六个月才恢复，但现在他又能吹了，他对明格斯说。虽然还是半身不遂。

——你半身不遂怎么吹，伙计？

——还有一只胳膊，对不对？哈哈。

——你用一只胳膊吹萨克斯？

——两只胳膊吹三个萨克斯，所以一只胳膊吹一个并不难……嗨，你在吗，明格斯？

——对，我在，伙计，他说，泪水刺痛了他的眼睛。

——下周我在城里演出，过来看。

——我会去的，伙计。

*

他坐在酒吧，看着柯克被扶上舞台，像往常一样盛装打扮：铃铛，帽子，奇装异服。他说话，咧嘴大笑，根据每个人的声音认出他们。一切弄妥，他便开始吹啊，吹啊，吹啊—— 一只胳膊松鼠似的沿着萨克斯风按键上上下下，另一只则无力地垂在一边，像什么不相干的东西在那儿晃荡，他吹得抑扬顿挫，气势如虹，似乎在竭力不让死神靠近。失明，半身不遂，几乎都没力气站直，几乎都没力气阻止能量从他身上流泻一空，流下舞台，溢满整个房间。独奏的尾声他瘫倒在椅子上，呼吸重得像个在回合中间休息的拳击手，大脑因猛烈吹奏而一片晕眩，他活动着演奏那只手的手指，直到有力气继续。一个从死神手里活过来的瞎子。看着他，明格斯感觉自己麻木的双手被里面结冰的鲜血刺痛。

*

当他的手指不听使唤到无法再弹钢琴，他便对着录音机唱歌。过去，他做的唱片要在录音室架子上放好几年才发行。而现在唱片公司对他提出的一切都求之若渴，只要一个初步的想法就行。四处都散落着各种各样的作品碎片，而在将来的某个时候，就像一位著名作家死后留下一部没写完的小说，有人会利用这些碎片从中构建出整部作品。很久以来没人想要他的自传，但在今后几年，他们将穷追不舍，想找到当年他们让他扔掉的书稿。甚至他讲话的录音，胡言乱语的长篇大论，甚至这些也都被重新制作成唱片发行。在酒吧和俱乐部，人们会吹嘘明格斯是如何痛骂他们，如何把他们扔下好几级台阶，如何把他们家砸得稀巴烂——说得无比肯定。

*

对于在一次民意调查中获得最佳贝斯手称号，他的反应是奇怪为什么他没有在年轻时得到这一荣誉，在他还虎虎生风，脚底仿佛装了飞轮的时候。如果自己做个录音室音乐家，安安稳稳地积累财富，他会怎么花那些钱呢？他说他想要幢带轮子的房子。他一直健步如飞，脚底像装了轮子，他想给他的房子也装上轮子，他想要幢带轮子的房子，但现在他却坐上了带轮子的椅子。

甚至说话也变得困难。舌头躺在嘴里，像根老头的鸡巴。要让话语成形，仿佛要穿过满嘴的羊毛。他的身体正在变成一座地牢，一座四壁不断收缩的监狱，只有他的狂暴才能将它们推开。有人说明格斯的狂暴害了他，但他的狂暴也救了他。

*

然后是白宫，一场全明星演出和派对——为爵士乐对美国和世界文化作出的伟大贡献而举行的官方表彰。一场愚蠢而又伟大的盛会。并非所有人都在——大鸟不在艾瑞克不在巴德不在——但所有活着的都在。他坐在轮椅上，手脚无法动弹，被困在自己体内。当他们号召大家为在世的最伟大的爵士乐作曲家热烈鼓掌时，所有人都站起来，向他致以长时间的起立鼓掌，他失声痛哭，泪流满面，身体因剧烈起伏的抽噎而剧烈抖动——总统赶紧跑过去安慰。

*

他去墨西哥旅行，希望阳光能融化他，能解除锁住他血液的积冰。他坐在阳光下，被沙漠静止的灼热所环绕，一顶巨大宽边帽的帽檐遮住他的脸。他的身体变得纹丝不动，他几乎都感觉不到自己在呼吸。目光所及，没有任何东西在动。太阳是一只不动的铜钹。一连三天，它挂在不变的天空，同样的位置，没有风，没有一粒沙颤动。

他非常虚弱，他看见一只鸟在高空盘旋，翅膀在空中一动不动。它的影子印在他膝上。用尽所有力气，他才终于让自己伸出手指，去轻轻抚摩它，去轻轻抚摩它的羽毛。

他们终于停下来吃早餐时，天已经亮了。坐在车里那么久让他们全身僵硬，他们姿态笨拙地走进餐厅，纱门在背后砰地关上。里面闹哄哄的，已经挤满了卡车司机，大家都在忙着吃东西，没人注意到穿蓝色旧毛衣、裤子皱巴巴的艾灵顿（Ellington）。清晨的阳光洒进窗户。

打着哈欠，公爵点了他的老一套，天知道有多少年他就光靠吃这个：牛排，葡萄汁，咖啡。哈利要了鸡蛋，然后看着公爵慢慢地搅拌咖啡：他的一举一动都散发着某种睡意，刚醒来的那种睡意——而不是快睡着的。他眼下的眼袋暗示着极度地缺觉，也许要花十年才能清除。然而，随着这样夜复一夜只靠四五个小时的睡眠撑着，他发现自己的睡债不仅没有减少，反而在日益增加。或许正是他们的疲惫让乐队凝聚在一起：一段时间之后，筋疲力尽就会变得让人上瘾，依靠它你才能继续前进。人们总是对公爵说要放慢步子，休息休息，放松放松——那当然很好，但问题是，什么事能让他休息和放松？

他们沉默地吃着，一吃完公爵就开始用他的甜点：用水吞下一大把五颜六色的维生素。

——好了，哈利？

——差不多。让他们结账。

他们俩都急切地寻找着服务生，已经在渴望回到车上。

切特·贝克

Chet Baker

他坐在床边，温柔地吹奏，身体弓伏在小号上，像个科学家在凝视显微镜。他上身赤裸，只穿了条短裤，一只脚缓慢地打着拍子——慢得如同老房子里的钟，小号的圆口几乎要碰到地面。她把脸紧靠在他脖子上，手臂缠绕着他的肩膀，一只手沿着他脊椎和缓的曲线往下移动，似乎他吹出的音符是由她手指在他皮肤上画出的图案而定，似乎他和小号是一整件乐器，正在被她演奏。她的手指又开始一节节爬上他的脊椎，直到抵达他脖子后面尖尖的发际。

当她第一次听他的唱片，觉得他的小号是那么纤弱柔美，几乎显得女人气，而他的独奏又是那么内敛：她还没注意到它开始，它就已经结束。直到他们成为爱人，她才听出是什么让他的音乐如此特别。最初，他们做爱之后，在她昏昏欲睡时，当他像这样吹起小号，她以为他是在为她而吹，然后她意识到，他不为任何人而吹，除了他自己。那也是像现在这样的时刻，她躺着，聆听着，两腿分开，感觉他的精液凉凉地滑出体外，突然毫无缘由地，她明白了他音乐中温柔的来源：他只能如此温柔地吹奏，因为他一生中从不知道什么是真正的温柔。他吹出的一切都是猜测。此刻，躺在这儿，看着皱巴巴床单上形成的山谷和沙丘，身上有轻微的汗湿，她突然意识到，以为他只为自己吹奏的想法是多么荒谬：他甚至也不是为自己而吹——他只是吹。跟他的朋友亚特正好相反，亚特把自己的一切放进他演奏的每个音符，而切特不把自己的任何东西放进他的音乐，因此，他的演奏才会有那种凄婉。他吹出的音乐感觉仿佛被他抛弃了。那些老情歌和经典曲目，会得到他绵绵不断的爱抚，但不会有任何结果，最终都散入虚空。

那是他一贯的演奏方式，永远如此。他每吹出一个音符，便跟它挥手道别。有时甚至手都不挥。那些老歌，已经习惯了被演奏它们的人所宠爱，所需要；音乐家们拥抱着它们，让它们感觉焕然一新。而切特只会让一首歌感到失落。被他吹奏的歌需要安慰：不是因为他的演奏充满感情，而是那首歌自己，感情受伤了。你感觉每个音符都想跟他多待一会儿，都在向他苦苦哀求。

而那首歌自己，则向所有在听的人哭喊着：求你了，求你了，求你了。

听到那样的演奏，你所感悟到的，不仅是那些歌里的美，还有那些歌里的智慧。把它们全放到一起，就会像一本书，一部爱的梦幻指南：《每一次道别》（*Every Time We Say Goodbye*），《我不敢相信你爱我》（*I Can't Believe You're in Love with Me*），《今夜的你》（*The Way You Look Tonight*），《难忘怀》（*You Go to My Head*），《我太容易坠入爱河》（*I Fall in Love Too Easily*），《再也没有另一个你》（*There Will Never Be Another You*）。全都有了，世上所有的小说加起来也不会告诉你更多——关于男人和女人，关于他们那些如星光般闪耀的瞬间。

其他音乐家在老歌里搜寻可以让他们加工和改编的乐句或旋律，要不他们就拿起圆号把自己吹进歌里。而对于切特，歌曲本身已经完成了所有工作；他唯一要做的，就是呈现出每首老歌里本来就有的那种温柔，那种受伤的温柔。

那就是为什么他从不吹布鲁斯。即使他吹布鲁斯那也不是真正的布鲁斯，因为他不需要布鲁斯所暗示的友情，以及宗教。布鲁斯是他永远无法遵守的诺言。

他把小号放到床上，走向浴室。听到门咔嗒一声关上，她惊讶地发觉，就连这小小的离开也带着某种伤感。每当一扇门在他身后关上，感觉都像即将永别的前兆，正如一首歌中他吹出的每个音符，都是最后一个音符的前兆——似乎即兴是一种形式的预言，似乎他在给未来演奏挽歌。

他是个仿佛随时要离开的男人。你们约好见面，他会迟到三四个小时，或者干脆不来，或者他会一连失踪好几天、好几个礼拜，没有电话，没有解释。而令人吃惊的是，爱上那样的男人简直毫不费力，简直会上瘾，你会感到一种类似陪伴的遗弃感——他带给你的，是每个人身上都有的那种孤独，是半空地铁里，你在陌生人哀求的面孔上瞥见的那种孤独。即使当他们刚做完爱，当他滑出她的身体，即使在那时，高潮才过去几分钟，她就觉得已经失去了他。跟有的男人做爱，你的身体会被刻入爱的印记，仿佛一个在你子宫里成长的孩子。他们一年不在，你的身体仍然感觉充满了他们，充满了他们的爱。而切特让你感觉被掏空了，充满的是对他的渴望，充满的是希望有下一次，下一次……当你意识到他永远不会给你想要的东西，他就成为你唯一想要的东西。她感觉泪水刺痛了眼睛，她回想起切特一个朋友对她说过的话，说他吹奏音乐的方式让你想到一个女人即将哭泣的那一瞬间，当她的面庞变得无比美丽，像玻璃杯中的水一样美丽，你会愿意做任何事情来弥补自己对她造成的伤害。她的面庞如此平静，如此完美，你知道它不会持久，但那一刻，比其他任何时刻都具有永恒感：她的眼神里包含了有史以来世间男女彼此倾诉过的一切。然后你对她说“别哭，别哭”，明知这样说，比世上任何其他事情，都更会让她哭……

在浴室，他把银色的水花泼到脸上，透过手掌间跌落的水滴，抬头看着镜子。回视他的那张脸，似乎被某种内在的重力控制了，把一切都往里拉。萎缩的双肩，胳膊上标记着瘀伤和裂痕。他放下手，看着镜中人做出同样的动作，那双手就像从细手腕长出的鹿角。他微笑，镜中人也对他邪笑，恐怖的笑容，没有牙齿，只有坚硬的牙龈。

对镜中突现的鬼影，他并不害怕。就他所知，距他第一次看见对方已经过了三十年。时间就是那样对他的。在小号上可以把一个音吹到长得像永恒。当它在延续，便似乎永不会结束。

*

这以前也发生过一次，就在突然间，那是几年前一个 11 月的下午，他正步行前往一间排练室。弓身顶住一阵满是沙尘的大风，他在街对面一座办公大楼的玻璃幕墙上突然瞥见自己穿皮夹克的身影。他喜欢发生这样的事，在一长条贝叶挂毯[①]似的画面中突然看见自己是另一个人。接着他的影像被办公楼的入口暂时打断了，再看的时候，他震惊地发现，里面不是他自己，而是一个穿皮衣的老人在盯着他。走近一点，他看清了那个男人更多的细节，他拖着脚向自己走来，凝视的目光像一种威胁：脸上布满树皮般的皱纹，胡子拉碴，稀疏的长发紧贴头皮，呆滞的双眼在半米之外窥视。他移到人行道边上，那个老人也一样，他耐心地望着车流，紧闭住嘴，就像他以前在欧洲看到的老女人那样，那让她们看上去对折磨和疼痛完全安之若素：双唇锁住了痛苦，从不让它哭喊，因为否则她们就得承认自己有多么受伤，而那是无法容忍的。心里已经清楚会发生什么，他对老人挥挥手，看着对方与他同时做出那个动作。对于这件事的重要性，他理解得如此透彻，几乎无须再想，他转身走进锐利的风中，继续前行。

---

① Bayeux，创作于十一世纪的彩绘挂毯，长七十米，宽半米，现存六十二米，用拉丁文和精美逼真的刺绣再现了日耳曼人征服英格兰的黑斯廷斯战役。——译注

*

常常，毫无缘由地，他会一时冲动甩掉自己的女人。通常他又会回到她们身边，正如他—— 一次又一次地——回到某些歌。他离开过那么多女人，有时他甚至怀疑那正是他吸引她们的原因：知道他会离开她们。极端的自私，不值得信赖，不可靠——并容易受伤——那是世界上最迷人的混合体。有次他把这告诉一个女人，她说那是世界上最廉价的智慧，从任何一个拉皮条的那里都能学到。

也是这同一个女人，说她会读塔罗牌和看手相，提出要给他算命。他那年二十八，心想什么鬼玩意儿。坐在她对面，看着从礼品店买来的水晶球和铺在他面前被烛光照亮的纸牌，他被纸牌上图案的色彩与美丽深深陶醉：一个图像的世界，比他用歌唱与吹奏所营造的更简洁，更包罗万象。

——这些图像包含了人生所有的排列组合，她严肃地说。

他看着她的手在台面上摆弄，指向一张牌，然后又指向另一张，听着接下来二十年他将经历的种种灾难。他听她讲完，看见她在等待自己的反应，便点了一支烟，吐出一条细长的烟雾，然后，把一只手放到她膝上，说：

——所以，急什么？

*

他身边总有女人——也总有闪光灯。唱片业希望在一片黑色的天空里推出一个白色明星，而切特让他们梦想成真。他眼中有那种冷冷的距离感，令人想起牛仔，但他也有那种小女孩娇羞的姿态：转过肩膀窥探着镜头，欲走还留。他引诱着照相机，把自己献给它。在鸟园的舞台上，眼睛闭着，一只胳膊松松地垂在体侧，头发盖住前额，小号高举到唇边，像一瓶白兰地——他不是在吹它，而是在喝它，也不是大口喝，而是**小口呷**。光着上身，在哈莉玛的怀里噘着嘴，小号摆在膝上。1961年，博洛尼亚，他身穿燕尾服，打领结，卡罗尔一身黑，珍珠项链，他们挤过人群时男人们碰到她裸露的手臂，镁光灯四处闪烁，人们互相践踏脚趾，洒出饮料，你推我挤。他们只待了几分钟，就一路穿过拥挤的摄影师和形象推广走到室外。走进凉爽的夜色，感觉骨骼的尖硬戳进她肩膀的柔软，她的手挽着他的腰。照相机仍然在那儿，当他戴着手铐，被表情严厉的警察推搡着步上卢卡的法庭。很快，警察开始享受这种公开亮相，带他通过安全门时他们对着镜头微笑，当切特看着法庭下的摄影师观众，他们在一旁咧嘴，闪光灯像零散的掌声响起，他站在那儿，紧握扶栏，带着那种意料之中的、“快放我出去”式的紧张。第二年，当他像穿过艾德怀德的 VIP 通道那样出现在监狱门口，闪光灯仍然在守候。

*

他们最后的对话非常简单：

——你欠我钱。

——我知道。

——这是最后警告。

——我知道。

之后他们俩对视了几秒，为刚才交谈中简洁的诗意而愉悦。为了让一切圆满结束，曼尼重申了威胁的级别。

——我给你两天。你有两天时间。你还有两天。

切特点点头——两天——二重唱结束。

切特在他那儿买货已经买了六个月，而曼尼，很高兴有这么个名人顾客，则破了自己的头号规矩：不赊账——从不。他两次让切特没付钱就带着好几袋货离开，两次都是过了几天他就带着钱出现了。很快，切特就从赊账发展到了欠账，但至少有一阵子，他每次都能迅速解决问题，还经常额外多扔几百美元作为将来的预付。那样维持了一阵子，然后曼尼就开始不得不提醒他欠款已经多得有点儿不像话了——有段时间，那样催一下就足以让切特结清不管多少欠债，只需要几天，最多一个礼拜。接着，事情发展到了切特不仅要赊账，而且还要借钱的地步。利息在不断增加，切特的承诺——明天，伙计，明天——已经拖了好几个礼拜，他脸上的神情让人想起旋进下水道的水。接着便是那最后的对话。

曼尼自己状态也很差。在他记忆里，他已经一个月没睡觉，连眼皮都没合，不停地吸速尔飞，吞安非他命，直到脑袋感觉脆得像烧焦的纸。他已经那么久没睡觉，以至于他感觉他的脑子正在自我吞噬，如同一个饥饿者的胃。他颤抖得那么厉害，几乎是在震动。他的思想变成了只持续数秒的梦的碎片，充满了情节、色彩和动作。

当他们再次相遇，切特正坐在“月色撩人”餐厅，咕嘟咕嘟地喝一杯机油咖啡。曼尼从窗口看见他，大步走进去，飞快地转过椅子，跨坐在上面，这样他就能伏在椅背上，像西部片中啤酒肚警长那样，平静的外表下充满潜藏的威胁。曼尼自己的外表没有丝毫威严：他瘦得像根竿子，身体像条虫一样抽搐；他发出的任何恐吓都像来自一条受惊的狗。他点了杯咖啡，加了无数包糖，直到它浓得像胶水。他的呼吸散发出恶臭，但他非要把脸跟切特贴得很近，逼他吸入那股臭气。他感觉自己就像一个下午把所有拍过的电影都看了六七遍，然后出来走到阳光下，吃惊地发现世界和白昼依然还在。他不知所措，迷失在大脑定格的狂乱中，这时切特的早餐来了。曼尼看着他往盘子里撒盐，对他说：

——你怎么从来不笑，切特？

——大概忘了笑法。

——我给你两天。

切特盯着一潭死水的咖啡，天花板上的灯光在其中闪烁，像条若隐若现的银鱼。一支香烟在烟灰缸里袅袅燃烧。

——已经过了八天。四倍，曼尼说，从切特手里抽过餐刀，戳进蛋黄，黄色在盘中漫开。

进来之前他就知道，不管他多想要这笔钱，他其实更享受这套恐吓仪式；如果切特配合一点，说他该说的台词，对这电影化的时刻做点贡献，他知道自己会给他更多时间。然而，今天切特似乎对这套把戏无动于衷，这让曼尼感觉自己像个白痴。

——有钱了吗？

——没。

——什么时候有钱，狗娘养的？

——不知道。

曼尼手里握着刀，切特握着叉——仿佛他们俩是一双手。情不自禁，不带一点愤怒，绝望地想给这毫无生气的场景注入一点活力，曼尼把咖啡泼到切特脸上。切特缩了一下，用餐巾抹了抹脸，咖啡还没热到会把人烫伤。曼尼等待着——也许接下来他就要把刀插进他眼睛，就像他对待鸡蛋那样。切特继续坐在那儿，他的早餐浸在一片褐色的咖啡残液里。

曼尼想不出要说什么或做什么。这幅场景没有继续的动力。通常一个动作会引向另一个动作，但切特坐在那儿像个死人。看了一眼桌子，他握住一瓶番茄酱的瓶颈，拿起它抡到肩后，把它像棒球棒那样用力挥向切特的嘴。不是因为他想那样做或是形势所逼，而是因为没有别的事可做。瓶子砸得粉碎，玻璃和浓稠的酱糊飞溅到墙上。切特嘴里充满了玻璃，碎牙齿，番茄味的血。不可思议的是，他依然端坐在桌前，就像正在耐心地等待甜点——直到曼尼再次向他发起猛击，他感觉椅子翻倒了，他躺在地上，一连串的踢打雨点般落向他的头和下巴。桌子在他上方倾倒过来，一只盘子击中他的头掉到地上，一只手滑进一团黄色的蛋泥。他想爬着绕过桌子，躲进椅子脚的迷宫，但很快它们就被连根拔起，然后雪崩似的砸到他身上。在其他顾客呼喊和尖叫的浪潮中，又一股洪水向他袭来，更多咖啡，一只花瓶，糖罐撒了一地的白色水晶。

然后，一切都结束了，他被困在这坍塌的破家具组成的隧道，双手按在尖玻璃和碎牙齿上，地上一片番茄酱、咖啡和花瓶水的沼泽，三枝黄色的郁金香漂浮在这一团糟之中。使出所有气力，他挣扎着站起身，就像一个男人从池塘底下爬出来，蛋黄液、餐具、培根片纷纷从他身上掉落，嘴上的血污抹得满脸都是。他首先看见的是一个站在旁边的侍者，手里捧着咖啡壶，似乎准备给他续杯；他后面是别的顾客一张张打开的嘴，嘴里是嚼了一半的煎蛋饼、面包圈和薄煎饼。感到一阵虚脱，他伸出一只手，用糟透的掌纹涂抹着墙面，而后冲出门，走上街道，浑身布满这顿噩梦般早餐的残渣。外面，旧金山的街道排山倒海，此起彼伏，一辆黄色巴士登上巨浪之巅，像艘海轮一样向他驶来。

*

那是 1972 年。到了 1976 年，他看上去仿佛一直以来就是那样，甚至也许更差一点。他的脸在向大地回归，如果他从未离开过俄克拉荷马，那么他看上去就会像现在这样：胡子拉碴，李维斯夹克、牛仔裤、T恤。整个中西部你到处都能看到这种人，靠在吧台上，谈论汽车，对着瓶子喝库尔斯啤酒，一有女人进来就咂嘴唇。这种人过了二十年还是在第一次碰啤酒的地方喝酒。在加油站上班，听着半导体收音机，身边时刻围绕着汽油味和汽车闪耀的光芒。一边看着别人老婆，一边从挡风玻璃上擦去昆虫撞烂的肢体和污点。

*

尽管他的牙齿没了，眼神也蒙上一层失落，尽管如此，那些卖照片的和镜头狂还在拍，他从苍白的比波普雪莱变成一个干瘪的印第安酋长，其速度让他们惊叹，这一切的巨大反差，这脸的寓言，让他们流连忘返。但如果他们看得更仔细一点，就会发现那张脸的变化是多么小，而他脸上的表情也依然如故：同样的动作，同样一副茫然询问的神态。那就是为什么，不管怎样，你还是会继续爱他三十年：他的容貌塌陷了，他的手臂干枯如冬天的树枝，但他举起咖啡杯或刀叉的样子，他穿过一道门或伸手去拿衣服的样子——就像他的声音，这些动作还是一样。一样的动作，一样的姿态：

香烟垂在指间，小号松松握住，在手中微微摇摆。1952年克莱斯顿（Claxton）拍下他：轻轻捧着小号，低着头，油光光的头发梳向后面，用少女般的眼神注视着镜头。1987年韦伯（Weber）给他以同样方式拍了一张——只是眼神一片阴暗；他的身体各处似乎都一点点地消失在黑暗里，正如他的歌声渐渐散入虚无，正如他的小号慢慢飘进沉默。1986年韦伯拍到他在黛安的怀里，头抵着她的肩膀，一如三十年前克莱斯顿的那张照片上，莉莉把他紧抱在自己胸前，同样一副孩子被母亲安慰的表情，同样一种甘心放弃所有的感觉。

*

那些歌也会复仇：他一次又一次地抛弃它们，但总是会回头，又回到它们身边。然而以前，他随意拿起一首歌，只需呢喃几个乐句，就能让它充满渴望，但现在，它们对他的演奏已经毫无感觉，不为所动。举起小号，却没有吹它的力气，越来越多地，他只是清唱，他的声音像婴儿头发一样脆弱、柔软。偶尔，那些老歌被他如此温柔地爱抚，会记起曾有的感觉，记起它们曾那么轻易地就能被他的手指和呼吸所激活——但现在它们对他更多的是感到同情，想给他庇护，而对此他已无力消受。

*

无论去哪里，人们都想认识他，想跟他说话，说他的音乐对他们有多重要。记者们的问题长到回答只需咕哝一声肯定或否定。在所有他不感兴趣的事情中，他也许对说话最没兴趣。他有时怀疑自己这辈子都没进行过什么有趣的谈话。不过，他喜欢身边有人说话，并且对方不需要他说什么作为回应。他的音乐也是如此，什么都不说，吹奏出沉默，赋予它某种旋律。他的音乐很亲密，因为它就像一个人坐在你对面，专注地听着，不慌不忙地等着轮到自己开口。

在欧洲，人们对他发出的每个音符都趋之若鹜，他们蜂拥着去看他的演出，因为每次都可能是最后一次，在他的音乐里，他们听到了他历经的所有创伤。他们以为自己听得很仔细——进入了音乐的内心——但其实他们听得还不够仔细。那种痛并不存在。他只是恰好有那种声音。不管发生什么，他都会发出那种声音。他只会一种演奏方式，可能快一点或慢一点，但永远是老一套：同样的情绪，同样的风格，同样的声音。唯一的变化来自衰弱，来自他技术上的衰退——但那种声音上的衰退使它更显得迷人，给人一种凄婉的错觉，如果他的技术从他给予自己的伤害中完好无损地保留下来，那么也许就不会有那种效果。

还有些人，在他的人生中看见了各种悲剧：破碎的承诺、荒废的天赋、挥霍的才华，他们也错了。他是有天赋，而真正的天赋会确保自己不会被浪费，会坚持让自己蓬勃茂盛。只有缺乏天赋的人才会浪费天赋——但还有一种特殊的天赋，它承诺的永远比它实现的多：那是它存在的前提。那就是切特，你可以在他的音乐中听到，正是它使其散发出那种宁静的悬疑。承诺——那就是一切，永不停歇，哪怕他已经寸步难行。

*

在阿姆斯特丹，他把自己关在旅馆，只偶尔出去散步，在桥上停下，看着干瘦的吸毒帮慢吞吞地走过，不知道他们的守护神正在暗处观望。整座城市在绕着他飞转：道路纵横交错，每个方向他都看四五遍，但还是要不断侧身躲开逼近的有轨电车、按喇叭的小汽车，以及丁零零的古老自行车。一座由窗户组成的城市，一览无余。他走过被姑娘们艳唇映红的窗户，走过像家一样的古董店，走过像古董店一样的家。他几乎不说话，而当他真的开口，那仿佛只是一种巧合，只是他的嘴碰巧形成了那句话，让它像薄雾一样浮在空中。他听说过有人靠一套生命维持系统无意识地活着，他的躯体现在似乎就处于这种状态——即使它被关闭，他也不会察觉。

回到旅馆，他看几眼电视，在电话上随意拨几个号码，抽烟，等待，让房间在他周围慢慢变暗。站在窗边，望着外面咖啡馆的灯光像落叶般在运河上荡漾，听见钟声在黑暗的水面上敲响。他想起那个老套的说法，说当你死的时候，你的整个一生会在你眼前闪过。而就他记得，他的一生已经在他眼前飘了至少二十年，也许他已经垂死了二十年，也许过去的这二十年只不过是他死去的漫长瞬间。他在想有没有时间回一次家，回到不知在哪里的出生地，回到俄克拉荷马，变成沙漠中的一块石头。石头不是死的，它们就像躲在海底深处的一种鱼，把自己伪装成别的东西——石头就是那种鱼的陆地版。石头是印度教上师和佛教徒力争达到的状态，冥想从一种行为变成了一个物体。热浪是沙漠在呼吸。

在浴室瓷砖的闪亮里，他瞥了眼镜子，看不见自己，什么都没有。他让自己正对着镜子，直视前方，还是没看见自己的踪影，只有那些毛巾，雪白厚实，挂在他身后的架子上。他微笑，但镜子无法证明。他还是不感到害怕。他想到吸血鬼和亡灵，但似乎更像他已经步入非生物的疆域。他盯着镜子，想到他有成百上千的照片存在于唱片以及世界各地的杂志上。从主屋的桌上，他拿起一张唱片，封套是克莱斯顿多年前在洛杉矶给他拍的。回到浴室，他把唱片放在身前，看着镜中的影像。悬在半空，被毛巾和瓷砖框住，镜中显示出他坐在钢琴前，脸倒映在琴盖上，完美得恍如一个头发蓬乱的纳西索斯[①]。他看了几分钟，然后放下唱片，再一次，镜子里面只有雪白绵延的毛巾。

---

① Narcissus，古希腊神话中的美少年，他爱上了水中自己的倒影，整日在湖边流连忘返，最终憔悴而死，死后化身为水仙花。——译注

潮湿的公路在正午的阳光下闪耀着银光。天空晴朗，除了一小块苍白的污点——那是月亮。在这旅程的最后一段，哈利老是有种不安的感觉，觉得汽车跑得不太对劲。当他去看油量表的时候，吃惊地发现，指针已经靠向“空”的位置。他开到下一个加油站停下。一只狗在叫，一块生锈的可口可乐招牌在微风中嘎吱响。一个长着一口坏牙、戴着棒球帽的瘦服务员步履艰难地走向加油泵。他的鼻子看上去就像过去二十年一直在被蚊子叮咬。他加满油箱，咧嘴笑着，问哈利车里坐的是不是他猜想的人。哈利点点头，公爵走下车，握住这家伙细弱的手指，看到幸福漫过他的脸，如同曙光照亮破败的小镇。哈利说起车况不太好，这家伙打开引擎盖朝里面仔细打量，他这样做时烟灰落进了发动机。公爵自称天下第一领航员，但汽修工又完全是另一码事。他最多只能在别人干活的时候，带着感兴趣的表情站在旁边，看着哈利从那家伙的肩上焦急地张望。他拽了拽管线，把某些部位擦了擦，检查了油箱和火花塞，然后赞赏地咕哝几声，砰的一声关上引擎盖，把烟屁股扔到地上。

——肯定是上次你们加的油不好，公爵，他说，用手背擦擦自己额头。化油器好的，油箱好的，什么都不需要动。她只需要发动上路。

哈利也咧嘴朝他笑起来，宽慰骄傲得像个父亲。

回到车里，他按了按喇叭，公爵挥挥手，他们把车开回公路。

——随时过来，公爵，那家伙跟在后面叫着，一路顺风。

亚特·派伯

Art Pepper

他想要那种场面壮观的抢劫，开车到银行，连续开枪，撂倒几个无辜的旁观者，然后冲回车上，当他们呼啸而去，汽车排气管的热气让钞票在地上冲浪般打转。但他的同伙从不让他带枪；他们觉得他太疯，而亚特，虽然失望，却也感到某种骄傲：连这种硬汉也觉得他不好惹。

有一次他抢了一间诊所，胡乱拿了点麻醉剂和几瓶药匆忙逃走。他在想靠那些药也许他和黛安就可以来个了断。吃药把自己干掉——那就是他的打算。

墙面在干呕。这一秒他感觉如太空失重，下一秒却感觉地心引力冲上来，抓住他的脚踝，穿过天花板，而当他摔到地上，地面感觉像枕头般舒适而柔软。色彩熊熊燃烧，又流失殆尽。窗帘紧闭，灯永远亮着，屋中间光秃秃的灯泡像个从来不动的白太阳。寒意像刀割，肚中有条蛇在扭动。他去看黛安，但只看见一袋悲惨的液体。有时他朝她猛踢一气，然后发现自己踢的是粘着呕吐物的靠垫。电视机永远开着：连续剧，答题竞赛，或者西部片里的沙漠和碧云蓝天。有时是汽车或人脸，画面在跳动，特写的人头像老虎机一样不停翻转：他摆弄着控制键想看到稳定的图像，但怀疑自己肯定有什么地方搞错了，因为现在完全没有了图像，只有声音。

黛安在抱怨：关掉，亚特，关掉。

然而，此刻，他似乎被迷住了，全神贯注地盯着电视机，直到有什么别的吸引了他的注意，他跌跌撞撞地走开，脚被一盏灯的电线绊了一下，他摔倒在地毯上，紧随其后的是那盏灯翻倒在地引发的小爆炸。那意味着只能靠黛安关电视了，她在控制键上乱按一气，最后拉出天线，把音量调大，于是涌出一片不停呼啸和抽搐的分子海洋，一片雪花噪音，就像来自外星球的广播。她只要拉开一丝窗帘，光的刀锋就刺进来，外面的色彩让她的眼里一阵泛白。

他们把那些药片吞下当早餐，摇晃着被倒空的药瓶，把它们举起来眯着眼睛朝里看，仿佛在看一架对着褐色星空的望远镜。同时有股强烈的冲动，想把东西打开又关上：橱柜、门、冰箱，把一大盒人造黄油的盖子拿掉然后不管。

马桶是个黄色水塘。坐在浴缸边上，他看见自己的手像蛇一样游出去，轻轻弹动卷筒纸，于是一条灰白的纸绳垂落到地面，他不停这样弄，欣赏着柔软的卫生纸在冰冷的地上越堆越高。最终，他玩腻了，回到起居室，起居室的地板是一片呕吐物、血污和碎玻璃的海绵。本来应该放花的地方，到处都是揉成一团的报纸球在慢慢呼吸，似乎随时要盛开。有时他脑子里火烧火燎，有时又四肢发软，连把腿架起或放下都像在爬一座小山。

黛安在对他说什么，但她的话融化成了一团灰色的声音烂泥。他想象她躺在贫民区的马路上，她的身体在腐烂，一只汽车轮胎嘎叽作响地碾过她，就像碾过一堆雪。他看着她走向厨房，厨房里所有橱柜都被噼里啪啦打开，仿佛一阵狂风正穿屋而过。半路上她跌倒在地，被地毯救了，一块三角形的碎玻璃从她的脸颊突出来，像根玫瑰刺，她根本没注意到脸上的血——那些血倒是很衬她。

现在沙发成了他吐和干呕的地方，因为吐出的只有一点胆汁的黏液。眼睛和鼻孔里流出的东西弄得他脸上永远黏糊糊的，感觉就像一只热乎乎的蜗牛刚在上面爬过。当他醒过来，眼睛周围已经形成了一层软膜，仿佛蒙着块灼热的破布。

黛安在哀鸣、号叫，像条饥饿的狗，然后亚特笑着意识到，那**的确**是狗—— 一个很容易犯的错误，鉴于这两条母狗实在没什么区别。那条狗被吓坏了，于是亚特，走进风暴洗劫过的厨房，翻橱倒柜，把所有都再开关一遍。他倒了一碟牛奶，知道这用来对付猫很有效，所以希望它也能让狗高兴——然后一不小心踩到碟子上，把它全打翻了，油地毡上便布满了小小的牛奶池塘和一片蓝色的瓷器岛屿。他展开搜索，那架势就像要把厨房翻个底朝天，用前臂扫过每个橱柜，让瓶瓶罐罐全掉到地上，这才查看自己找的东西有没有出现。他找到一罐狗粮，接着便开始对抽屉下手——要找开罐器，他把每个抽屉都高高举过头顶，让刀叉像尖锐的雨点朝自己倾盆而下，叮叮当当地掉到地上。他趴在那儿，翻来拨去，终于找到一个开罐器，把它猛地戳进罐头肚子，乱转一气，手指在粗糙的尖角上划破也无所谓，再无比珍惜地打开闪着光泽的肉块，开罐器的叉子还卡在肉块里，他就那样不管了，狗已经吃起来。

回到客厅，他在沙发上睡着了，梦里什么都没有，没有，没有灰色，没有白色，没有任何颜色，什么都没有，没有时间和声音，但毫无疑问，那的确是个梦，跟那种黑色沉睡不同。那个梦感觉就像一种狂喜，直到它被色彩和寒冷的疼痛所玷污，于是他又醒过来，关节仿佛从二十英寻深的海底太快地浮上水面，嘴巴干得似乎他的体内已经没有水分，渐渐回过神，他怀疑也许昏迷就是那样。到处都痛，一旦他确定了某个痛点，立刻就会发觉另一个地方痛得更厉害，所以好一阵子，他就躺在那儿追踪着疼痛在全身四处游走，然后发现自己在地上，被血浸湿了，而黛安人事不省地躺在几尺开外。他的第一个念头是自己杀了她，但那种成就感很快被担心她真不再呼吸的恐惧代替了。他努力站起身，头上鲜血横流，也不知是沾上去还是流出来的，摇摇晃晃，像座风中的塔，他踢了一下黛安，没有反应，仿佛他踢的是一袋土，于是又一脚，更重，这次她扭了扭，轻轻叫了一声。

他再也无法忍受了，旋风般冲出屋子，砰地摔上身后的大门，但没料到外面的热气像一连串的拳头那样砸向他。一开始太亮，他的眼睛被光芒刺痛。然后他看见街道和一块块精心修剪的正方形草坪，听见熟悉的车流声。之后便全靠习惯在工作。意识到时他已经发动引擎，听到汽车发出回答，开始移动。后视镜对他毫无用处，他所有注意力都锁定在他要去的地方，他的前方。汽车像污点一样驶过，但在第一个十字路口，车猛地震了一下，他的头嘭地撞到挡风玻璃上。前面那辆车里的家伙走出来，怒气冲冲，准备干一架。然而，当他看见亚特血迹斑斑，样子狂暴，身上一股呕吐的气味，他停下了，害怕会惹上什么麻烦，只敢在旁边看着这个疯子坐在车里尖声狂叫。

他出现在几个朋友家里，那些道友只看他一眼便马上同意赊账给他来一针。痛苦立刻消散在仙丹那无比强烈的暖流里。他把脸在一盆干净的水里浸了浸，给黛安也借了一针，然后飘着走出房子，嘴里不停嘟哝着感激之辞，夸口要数倍还钱。

回到高速路，他浑身上下都被血管里狂飙的海洛因点燃了，感觉胃里暖烘烘的，视线渐渐清晰。起初他开得很小心，但接着就飞起来，不断地超车，直到他自己也开始燃烧，车窗摇下，热风灌过他的头发，汗流满面的脸瞬间变干，享受汗水从鼻子滴下膝盖，感受蓝色气流的飞掠、快车道上的疾驰、灰色轮胎的怒吼，还有阳光在白色车顶上跳舞。他戳着收音机的按钮，在电台间搜索，突然停在一个爵士乐频道，他首先听到的是一首三重奏，接着他认出了自己的声音，萨克斯一路绵延，招摇扭捏，迂回行进，像一辆红色汽车在穿越路上轻微的堵塞，他的脚轻搭油门，音色如长长的光柱般清晰，如暗影般锋利。他把收音机音量开大，直到汽车后面拖出一条响亮的声音尾气，手伸进仪表盘旁的储物柜，戴上一副布满灰尘的墨镜，他喜欢那加深发绿的光线，可以让萨克斯的银色激流显得更加明亮，更加美丽——就像晴朗的热天，鸟群掠过无声的天空。一辆汽车沿着弯弯曲曲的海岸公路蜿蜒而去，在每个拐弯处减速，时不时短暂地瞥一眼太平洋，最后驶过一个弯道，无边无际的蓝色大海在眼前铺展开来，上面的桥仿佛是装了横梁的落日。浪花拍打着礁石和沙滩。海鸥们俯冲而下。

*

墙上一扇小小高窗的栏杆，在地上投射出光与影的斑马线。他在牢房里来回踱步，看着光影延伸到上铺，又跌落到下铺，阴影的轨迹朝着他下降。双手抱头，肘部在大腿。他的左手伸过右肩，挠着汗渍斑斑的背心袖孔正下方的一个点，然后又用每只手去按摩另一只手臂的肱二头肌。他的两条腿又细又白，从浅灰色的短裤里戳出来，脚上鞋带松开的靴子让双腿看上去瘦骨嶙峋。有面墙贴满了从《花花公子》撕下的微笑女郎，苍白、赤裸，只有口红和金色的丝绸床单在闪耀。他瘫倒在床上，闭了会儿眼睛，然后又爬下床，重新开始踱步。他的一举一动都很缓慢：他的动作已经被自动压缩、束缚，以适应牢房的限制，但同时它们也需要扩展，以填满度日如年的时间。他不停去看贴在一面墙上的日历，就像一个等火车的人不停看表。

抓住小窗的栏杆，他把自己提上去，手臂肌肉绷紧，脖子青筋直暴。他只能看见天空和太阳的一角，他把自己拉得更高一点，现在能看见靠近海滩的炼油厂和仓库。双脚紧紧抵住墙面，努力减轻手臂上的重量，他让自己又高了一点，并把头扭进墙和天花板的夹角。至少有三分之一视野被监狱的墙挡住了，不过，从这个艰难的制高点，他能清楚地辨认出海滩：人们躺在折叠椅上，浪花冲上海岸。向前瞄得更远一点，他看见一个旧码头，一个女人，晒得黝黑，铺开一块毛巾毯，正在脱衣。她离得很远，但因为光线极佳，他能看得很清楚。她动作麻利地脱下衬衫和裙子，里面是件红色泳衣。热气，蓝色水面，浪花飞溅。她在毛巾毯上伸展四肢躺倒。一只脚抬起，手伸进包里找东西——香烟，防晒霜……他在上面挂了尽可能长的时间，然后才跳回地上，气喘吁吁，被阴影剪成条状。

他沿那片在牢房里只能瞥到一眼的长条状海滩走着，天空热得发白。其他人都穿着短裤，晒得黝黑，当他以那身不协调的打扮经过时，每个人都朝他看看：他穿了套黑西装，拎着一只手提箱和一个小一点的乐器盒。他一直在四处张望，很难说到底是神经质还是被什么迷昏了头。如果有人走近，他就看地上，举起一只胳膊遮住脸以躲开他们的目光。

当他来到码头，他停下来，寻找在牢房里看到的那个女人。有几个人躺在太阳下，但没有她。又看了一圈，他发现她在离码头稍远的海滩，毛巾毯铺在一把沙滩伞下面，正在跟一个男人说话，那男人年纪将近四十，也许更老一点。她穿着件明亮的短袖衬衫，看上去像是在法国或欧洲买的。男人亲亲她的脸颊，收拾好自己的东西，然后朝亚特方向走来，经过时看了他一眼。亚特望着他远去的背影，随后，用眼角的余光，他瞥见一个认识的熟人，正走在一家沙滩咖啡馆前面的木板路上，两条长腿晃得像大风天晾在外面的牛仔裤。亚特提起箱子，小跑着来到他身后，一只手重重地拍在他肩上。

——嘿，你个臭黑鬼，你以为你在哪儿？那家伙飞快地转过身，一只手伸向后面的裤兜，眼中怒光四射，直到他看见亚特在对他微笑。

——嘿，你个臭白鬼……

——你怎么样，艾格？

他们握手，拥抱，相互用拳头捶背，艾格说：

——我差点划烂你的脸，伙计……你怎么样，亚特？

——不错。

——我不知道你出来了。

——知道的人不多。那么，你怎么样?

——很好，伙计，很好。我走后里面怎么样?

——不一样了，伙计。

——杰基还好吗?

——他还撑着。他是个硬汉，艾格。

——是啊。嘿，见到你真好，亚特——轻轻捶了一下他的肩膀。

——我也是，伙计……嘿，听着，能给我点货吗?

——伙计，你一点没变。你才出来多久?几天，几小时，还是多少?

——几分钟，伙计，亚特微笑着说；艾格大笑起来。有货吗?

——你才出来二十分钟，已经迫不及待要回去了，艾格说，他摇摇头。你怎么了，伙计，你喜欢待在号子里?

亚特再次微笑。有帮人开始在旁边玩起沙滩排球，他们被击球声和喊叫声围绕着。球手扑倒救球时沙子四处飞溅。

——你为什么不给自己找个别的爱好?排球什么的……你有多少钱，伙计?他终于说，一边用拇指和食指扯着自己的耳垂。

——没钱，伙计。这次先欠着。拜托，艾格。

——哦，伙计，艾格摇头。

——给我找点事做，行吗？亚特说，突然严肃起来。

——你想让我被条子抓吗？

——多久能有货？

——明天，明天下午。

——今晚就要，艾格。

——伙计，你真的一点没变……

——谢了，伙计。

——好，伙计。

他们松松地握了握手，手刚碰到就已经分开。

再次提起箱子，亚特走回那个女人躺的地方。她面朝下趴着，显得烦躁不安，正如人们在一个只适合闲散的环境里试图工作时那样。当亚特走近一点，他第一次看清了她容貌的细节：中等长度的褐发，小小的鼻子，双唇看上去似乎总是即将要微笑。一道阴影落到她的书页上，她抬起头，看见一双鞋在沙地里，袜子，裤脚的翻边，当他靠近她蹲下，画面里出现了一对穿西装的男人膝盖。

——嗨。

她转向他，有点惊讶，有点恼火，本能地意识到他们相遇的不对等：她几乎赤身裸体，而他身穿一套如此不合时宜的西装，要不是其中隐隐散发着某种威胁感，几乎显得滑稽可笑。

——嗨，她轻声说，把“你想干吗”压缩成一个单音节。她透过自己垂在眼前的头发看着他，那些头发在她脸上投下缕缕阴影，她在等着看他有什么花招。她用手指把头发拨到一边，而他盯着地上，抓起一把沙，让它从指间流走。看着他，她已经感觉到他心里的紧张，她记得在哪里读过，当你被一个男人吸引的时候，首先注意到的是他的手指。这个男人正好处于优雅的反面：矮小，指甲破了，甚至不太干净。头发剪得像军人一样短。外表像蓝领，英俊，但神情疲惫。他抬起头，手搭成凉棚遮住耀眼的阳光，眯缝起眼睛。

——很……亮，他终于清清喉咙说，眼睛还是不看她。

她点点头，脸上的表情就像一个人听到敲门声，打开门，发现自己面对着一个完全陌生的人，一个不应该出现的人。

——这条毯子很漂亮。非常漂亮。

对于这愚蠢的评论，她再次感到一种想笑的冲动。然而，尽可能不带任何感情色彩，她说了声谢谢。

——英国人，嗯？

——对。不错，在这种情况下你必须尽量少说，把交谈范围缩减到最小，当他凭着脆弱的借口竭力拉关系时，不让他有任何可乘之机。

——我是美国人，他说，脸上毫无笑意。

——多好啊，她最终说了一句，然后低下头看书。当她这样做的时候，她知道他在看自己的身体，虽然他想让人觉得他在看远处的浪涛，但自始至终，她都能感到他的目光落回自己身上，像太阳一样炙烤着她。

——我以前见过你，过了一会儿他说。

——在哪儿?

——在这儿。你几乎天天都来。不在这儿就在码头。

——我没注意到你。

——也许。

她换了个姿势，从躺在那儿用一只胳膊肘撑着，换成坐直，靠近他的那条腿防卫性地屈起来，由此在他们之间设置了一道屏障，但又始终意识到，那道屏障就是她的光腿。

——那么，唔，你在这儿干吗?

——晒太阳。

——在加利福尼亚，我是说。

——我丈夫要在音乐学院教一年书。

他们谁也没看对方。

——丈夫。伙计，那可不是什么我喜欢的词，他最终说道，用一只手指在沙里挖了条沟。

——是那个刚才在这儿的家伙？

——对。

——他教什么？

——二十世纪作曲。现代古典乐。

——现代古典乐，嗯？

——对。

刚才有风在吹吗？也许：一阵微风，风力只够让沙粒慢慢爬到一起，让浪尖散开一片纤薄的水雾。现在又没了，只有静止不动的天空。

——也许我能请你喝杯啤酒？他问之前就知道她会拒绝。

——不，谢谢。

——咖啡？

她摇摇头，又看着他的手指在沙里形成各种撒哈拉图案。

——可乐？

——不。

——茶？

——不。

——奶茶……柠檬茶？……冰茶……

——不，真的……

——来杯奶昔怎么样？草莓，柠檬，香蕉，香草？

——你太客气了，不过——

——嘿，来吧，我在庆祝。

犹豫不决，不确定问还是不问，她吃惊地发现自己也在沙里画起了图案，开口之前她又停了一会儿，语气格外小心：

——你在庆祝什么？

——你想知道？

——不。

——你真的想知道？

——不。

——好吧，如果你真想知道，我在庆祝发生在我身上最糟事件的周年纪念。

她没说话，也没动。亚特朝她摊开手，扬起眉毛，怂恿她问那是什么事。

——你想知道是什么事吗？

——不。

——你真的想知道？

——不。

——那好吧，既然你这么坚持我就告诉你。五年前的今天，我在一间非常棒的公寓里跟一个女孩儿吃饭，一切都很棒。玻璃面板的桌子，那种有细细金属脚的时髦丝网椅。音响，冰箱，一切。

他的声音介于絮絮叨叨和拖腔拉调之间，语调平缓但又充满激情，这种人只对自己讲的有兴趣，凭声音你就能想象出他在不停为自己辩解、许诺、恳求，把所有责任都推得一干二净。

——她有两条非常可爱的小吉娃娃，它们在屋里到处乱跑，但非常安静，不叫也不闹。总之，我们已经约会过几次，但这是第一次我被邀请去她家。所以我带了花、巧克力，以及其他乱七八糟的东西，我们聊天，吃饭，相处得很融洽，她对我说她是多么爱她的小狗，我也稍微摸了一下它们的小脑袋，然后甜点来了，那种超爽的冰激凌，大概有八种口味裹在一个球里，我身体向前倾，微微翘起屁股下那细脚伶仃的椅子，越过透明的桌面，无比轻柔地吻着她的嘴唇，被冰激凌弄得凉丝丝甜丝丝。我还说起了甜言蜜语："我整晚都在想要这么做。"然后她说："我整晚都在等你这么做。"于是我把椅子向前翘得更高，然后我想我要做的是转到她那边去，所以我又靠回椅子上，这时就听到嘎吱一下什么被压扁的声音，以及一声狗的惨叫，我低头一看，好家伙，我椅子的金属脚刺穿了一只吉娃娃。椅子脚从它正中穿过去，就像某种烤肉串或户外烧烤，但它还没死，它的样子，你知道，眼睛暴出了脑袋，舌头晃来晃去……

他边微笑边看着她，看着她笑。

——然后呢？她问，她笑得咳起来。

——然后，她尖叫，伤心欲绝，地板上全是血，我们试着想把那只吉娃娃从椅子脚上弄下来，就像西部片里有人胸部中箭那样，你知道，想把箭拔出来，但他有点动不了……

十分钟后，她已经换上罩衫和裙子，坐在沙滩咖啡馆的桌边。侍者端来一个托盘，上面放满了酒瓶和酒杯，冰块的尖角和玻璃杯细薄的曲线在阳光下闪闪发亮。她付了钱，瞄了几眼书，不知道自己在干吗。他给自己什么都点了两份，两杯啤酒，两杯咖啡，两杯可乐，然后等侍者把东西拿来时他在洗手间——让她来买单，不知为什么，这一切都毫不奇怪，甚至好像在所难免。奇怪的是她怎么会在这儿。是他让她大笑的时候，那是个转折点。小时候，当她被哥哥气得发疯，为他的恶作剧向他大吼时，他就会对她说："我知道你很火，非常火，所以无论如何，千万别笑得让火消了。别笑。无论如何，千万别笑。"而那时，笑声就会像易拉罐里的汽水一样从她嘴里喷出来。这次也一样。是她的笑声把她带到了这儿，是她的笑声背叛了她。沉浸在这些思绪中，她几乎没留意到他回到了桌边。他坐下，微笑着，把啤酒倒进玻璃杯，拿酒瓶揉着前额，然后喝了一大口，用手背抹了抹嘴唇。她看着他又干了一大口——仿佛世界上除了那杯啤酒其他都不存在，仿佛他简直要因为它带来的愉悦而昏过去。她抿了一口苦苦的柠檬水。

——晒得很有成效，他说，把酒瓶指向她，嘴唇上一丝泡沫。

——你很苍白。

——哦，是的，我有一阵子没在太阳下了，他说，把铝箔从瓶口剥下来。

——怎么了？她晃着杯里的冰块，一种经典动作，用来让重要问题显得无关紧要。

——我在别的地方，在国外。我一直在，呃，那地方叫什么……丹麦？挪威……你去过吗？

——没有。

——喔，你应该去，他说，他喝光啤酒，把整袋糖都倒进咖啡，又倒进半壶奶油。那儿有数不清的新鲜玩意儿。海峡，一切。不过很冷。

她用吸管搅着杯里的冰块，抬头望向海面，一架飞机正在空中喷出一家新餐馆的名字。再低下头，她看见他已经喝完了咖啡，正在扯开更多的糖包，把它们全撒进自己的可乐。

——你还有牙齿真是个奇迹。

他对她展开微笑：完美的牙齿。有人在点唱机上放起音乐，悠缓的爵士。

——那么，你在那儿干什么，在挪威？

——我是个音乐家，他说，手指在融化的冰块里画着不规则的线条，水洒到桌面上。

——你演奏什么音乐？

——爵士。

——我以为所有爵士音乐家都是黑人。

——不全是。

——但最好的是，不是吗？

他眼里闪过一道怒光。他永远都要跟同样的偏见抗争。如果说他的人生有什么目标，那就是彻底埋葬这一偏见。多年后，在纽约，他会对一个记者不带一丝嘲讽地说："过不了多久我就是柯川。先有总统，然后大鸟，然后柯川。然后就是我，派伯。我一直都这么觉得。从不怀疑。"也许那就是为什么，眼睛盯着她，他有一种古怪的似曾经历的感觉——当他缓缓地说：

——没人比我好。绝对，百分之百。

——而且很谦虚。她回视他，她杯子的表面浮着一片青柠檬单薄的微笑。天空中的字迹正在变淡。

——你喜欢爵士？

——我从没好好听过。我听过几张艾灵顿公爵、查理·帕克……理查德——我丈夫——一直答应要带我去看场音乐会。

——他喜欢爵士?

——算不上，她说，从鼻子里哼出笑声。他说爵士缺乏规范，太依赖即兴。

——这家伙还教音乐?

她张开嘴，猛吸了口气准备发言，但他在急匆匆地继续说，掩盖了暗含的侮辱:

——你应该去家俱乐部。山顶俱乐部之类的。你会喜欢的。也许我能带你去?

她没说话。

——也许，他最终替她说。

——你演奏什么乐器?

——猜。

——小号?

——不对。

——萨克斯。

——对，中音萨克斯。

——录过唱片吗?

——有一阵子没录了……听见了吗?他指向咖啡馆里面，那微风般荡漾的音乐的源头。那是我。

——真的？

——对。她把头歪向一侧，倾听着。

——真的是你？

——你不信？

——是你？

——当然。谁还能像那样吹布鲁斯？他笑着说。

——我不知道。什么是布鲁斯？

——布鲁斯？伙计，那可是个大问题。布鲁斯是很多东西，是一种感觉……

——什么样的感觉？

——怎么说呢，那就像……那就像一个家伙孤孤单单，被关在某个地方，因为卷进了什么麻烦，而那并不是他的错。他在想他的女朋友，在想怎么好久没有她的消息。也许那天是探访日，其他家伙都在外面见他们的老婆或女朋友。而他待在牢房里，思念着她。他想她，知道自己已经失去了她，他几乎都记不清她的样子，因为长久以来他只能看见钉在墙上的那些封面女郎，根本不像真正的女人。他希望有人在等他，他想着自己荒废的人生，想着自己怎么把一切都搞砸了。他希望能改变这一切，但又知道不可能……那就是布鲁斯。

等他说完，她开始更为专注地听音乐，就像一个人凝视爱人父母的照片，竭力想找出某种隐约的相似。

——充满受伤和痛苦，最后她说。然而……然而……

——然而什么？

——然而……很美。就像亲吻眼泪，她说着笑了，觉得这句话听上去很傻。那真是你吗？

——你看不出来？

——我不了解你。怎么看得出来？

——你不用了解我。你能看出来……听。那是我的声音，我的手，我的嘴。所有一切。那是我。

他脱掉外套。她看着他手臂上的酒吧文身，她开始用一种不同的眼光打量他，搜寻着那些音乐的源头。

当她那样看着他的时候，他抬起手，似乎要去碰她的膝盖，但他并没有碰，他的手悬在她皮肤上方六英寸的地方。保持着那样的距离，他把手移到她的腿上，这样，他的影子便抚摩着她的大腿。

——你知道我有多久没这样接近过女人了？

她还是一动不动，沉默不语，目光越过他看向海滩，两个孩子正在那儿徒劳地想让风筝在无风的空中飞起来。他的手移动着，影子一点点地爬上她的腿，爬向她的裙摆，来到她的腹部。音乐渐渐消失，只剩下远处脉搏般的涛声。

——你想要一个女人强烈到她也想要你，他说。

影子随着每个字都移动一小点，慢得似乎根本没动。

——有时候。但不总是。

影子移上她的乳房，移向她的喉咙。

——不需要总是。只要现在。

——有时候，知道一个男人想要你，会让你鄙视他。但也有些时候，是的，那会让你想把自己给他，因为想到那种痛苦，那种渴望，你会觉得无法承受。那太可怕了。因此他的软弱变成了一种力量，而你所有的力量都变成了软弱。也许有天情况会不同。也许一个女人会在哪里看见一个男人，她会想要那个男人。但现在是她被想要，她必须知道他有多想要。

他的影子停在她脸的侧面，他把手移得更近一点，触到她的头发，将它夹到耳后。

——现在。你知道我有多想要你吗？

他捏住她的太阳镜，把它摘下来，用眼镜腿沿着她的脸和唇边画了一条线。她在强光中眯起眼睛，他把墨镜，温柔地，放到她旁边的桌上。

——不。

——我该怎么做？我该怎么告诉你此刻你在我眼里的样子？也许我可以说说你的脚踝，你的小腿，你的双腿……如果我是画家，他用一种模仿拙劣的英国口音说，毫无节制地打着手势，我就可以画出你的胸部，你的头发，阳光照到你喉咙的样子……

——不。她也朝他笑，庆幸还有笑的余地。

——或者画出我想对你做的事。我多想把你抱在怀里，吻你的脖子。我多想……

她摇了摇头——那还不够。

——但如果我能说出来，你会听吗？

——会。

——你会听我说我有多想要你？

——对。

他们互相对视着，直到他低下身去拿旁边地上的箱子，他打开其中一只，把萨克斯迅速装好，手指在按键上轻快地移动。在他身后，靠近海边，她看见那些孩子又在放风筝。他吹的头几个音如此轻柔，几乎被他身后翻滚的浪涛声淹没。接着他的声音摆脱了波浪，升起来，就像在他肩膀上她看见的红色风筝。他在闭着眼睛吹，她望着风筝飘上温暖的天空，在微风中颤动，风小得似乎根本不足以让风筝飘在空中，细得看不见的拉线被轻轻地拽着。几分钟后，风筝已高挂在头顶，一条长长的尾带懒懒地垂在身后。

他睁了一下眼睛，见她神情恍惚，沉浸在音乐里，便又闭上，吹得更加卖力，透过音乐呼唤她，记忆中她的脸栩栩如生……

他再次睁开眼睛，知道这一小节里有什么地方不对劲，他已经在那儿绊倒了好几次。他的手总是被引到几个他知道不适合她的音符上——太轻松，太明显。不过，他已经成功了，那首歌会绕着她自己成形，很快它就会变得无比合身，就像她最爱穿的衣服。他看着墙上的照片，把萨克斯放到床上，脑中充满了监狱里金属相碰的哐啷声。他又开始在牢房里踱步。看着日历，拿起萨克斯——似乎它是囚房的钥匙——吹出长长的音符，企图把海滩和天空都塞进牢房，光和海浪一拥而入。

——嘿，为什么停下，亚特？艾格从上铺说。这首很不错……棒极了。

——对，这会是首很棒的歌。

——是关于什么？歌名叫什么？

——我不知道，伙计。关于一个我还没见过的人，关于我出去后发生的事。可能会发生的事。

——很美的歌，伙计。

——还不对劲。还不像她。

——啊，我觉得听上去很性感，伙计。再来一首，亚特……

——好，你想听什么？

——随便，伙计，一首情歌，里面有故事的，温柔的，温柔得就像整整二百一十天半后我出去要把黑手放在里面的美丽潮湿的骚货。

——伙计，能让你这样的黑鬼把手放在里面的骚货只有长尾巴和带爪子的，一只真正的母狗。

——母狗，哈，去他妈的，伙计。也许你该写首歌就叫这名字，哈哈。《母狗布鲁斯》。哈哈。嘿，这歌名有我一份子。

——哦，伙计，这曲子被你糟蹋了，艾格……

——不，我是开玩笑，伙计，这曲子很美，很美，伙计。真的。你知道，等你从这儿出去，把这美妙的曲子吹出来，收音机上会放，有人会说那是亚特·派伯，我不知道，歌名也许是某个小妞的名字，于是我就会告诉那些家伙：嘿，我是他妈第一个听到这曲子的，我们一起坐牢时他写的。

——行，艾格，亚特说，微笑着走向艾格放香烟的小铁桌。香烟旁边有副牌。他从烟盒里拍出一支烟，切开那副牌。方块A：窗口白色天空里的一只红风筝。

在圣昆丁，灰色的囚服让他感觉自己像个演员，正在扮演亚特·派伯的某段人生场景。水泥瞭望塔上的卫兵，探照灯，来复枪，警犬。随时可能发生的暴力。灰墙，排队打饭，一千个男人在塑料盘里吃同样食物的声音。

有人告诉他卡格尼[1]是囚犯的守护神。有时他的电影场景感如此强烈，他不禁想象自己正在阿尔卡特拉斯。恶魔岛。

他在操场上放风，站在一小群黑人囚犯旁边。高墙在操场投下一道阴影的边境线；它在地面以难以察觉的速度推进，白昼的光芒被缓缓吞噬。

——那就是监狱，一个声音在他右边说，即使你出去了也还在里面。

他转过来看着刚才跟他说话的家伙；一个他以前见过的黑人，一个大家都怕的家伙，没人敢惹他。皮肤沐浴在太阳下，双眼在强光中燃烧。亚特没有直接跟他对视。

——你是亚特·派伯。

——对。

——那个音乐家。

——对。

——萨克斯。了不起的中音萨克斯。

——也许。

——外加瘾君子。

---

① James Cagney（1899—1986），美国男演员，以饰演“硬汉”角色著称。——译注

——没错。

那个黑家伙看着亚特毫无表情的脸，想找到他的灵魂在哪儿。他看着那双已经开始流露出灰色失意的眼睛。

——我听过几次你的演出。

——在洛杉矶?

——对。你吹得很好。

——谢谢。

——就白人来说。

这样说的时候，他仔细看着亚特，但他的脸上没有任何变化，没有恐惧没有蔑视没有骄傲，一无所有。现在他的身体已经变成了一座牢房；多年的监狱生涯导致他进化出了一套自我隐藏系统，这样即使他被刀割到也不会伤及要害。他的脸上一片空白，如同监狱的墙壁。那种表情是让自己免受打扰的最好办法。他的晚期作品也将散发出这种自我保护的特质，总是被自身的完美所紧紧包裹。从此，他吹奏的一切都将带有监狱的影子：狱中的苦难，以及他在狱中学到的知识。

——你想念演出吗?

——想。

——多久了?

亚特摇摇头，几乎要微笑。

黑家伙对一个圆蓬头、眼神惊恐的瘦小子说了几句，后者小跑着离开了操场。几分钟后，他拿着一个灰头灰脑的萨克斯回来了。前者把它接过来递给亚特。

——带我们飞一次。

——我已经一年没碰了。

——现在可以碰了。

——我不知道还会不会吹。

——你会。

萨克斯捧在他怀里。他把它举到垂直位置，感觉按键跟他囚服上衣的扣子咔嗒咔嗒地摩擦。阴影已经爬到离他只有几步路，他走出光亮，走进阴凉。先吹出几个音阶，然后开始吹一段简单的旋律，一段他很熟悉、能帮他上手的旋律，习惯一下吹口、指法。吹得很慢。几个离他近的家伙打起了响指；他看见一只脚在明亮的操场轻轻地动。

有几分钟他一直在吹这段旋律，然后逐渐离开，一开始小心翼翼，谨慎地不让自己迷失。他听到有人叫他的名字，知道操场上听的人越来越多，嘈杂的说话声消失了。囚犯们分散在操场各处，有一种完美的空间感。虽然他还在吹那段旋律，但似乎它渐渐被束缚住了，越来越无法动弹，最后只能大叫起来，把自己撕裂，就像有人把头对着牢房的墙上撞。

其中一个犯人低声说，这就像听见一个人被揍得魂都没了。他旁边的一个老黑人摇了摇头：

——不，他会活过来的。

在一阵扭来扭去的绕音之后，他似乎已经无处可去。没有人动，犯人们站在原地，他被围在中间，像个被打趴在台上的拳击手，正在挣扎着让头脑清醒一点。他吐出几个像碎牙齿那样的模糊音，准备抓住裁判数点的梯子爬起来。聆听着，这些坐牢的人意识到，他的音乐要表达的，是比高贵、自尊、骄傲或爱更深——而不是更高——的东西，是比灵魂更深的东西：是躯体的直接反应。多年后，当他的躯体变成一个持续不断的疼痛储存器，亚特将会牢记这天的经验：只要能站他就能吹，只要能吹，他就能吹得很美。

有一下他乱了脚步，忘了自己在吹什么，紧抓住裁判数点梯的第八和第九个横档。接着，使出所有力气，他搜寻着最高音，够到了——刚好——然后一飞冲天。在这一飞的最高点，在重力再次出现之前，有一刹那完全的失重——明亮、清澈、宁静——然后落下，滑出一道漂亮的弧线，坠入布鲁斯深沉的呜咽。于是大家意识到，那就是他一直在表达的东西—— 一个坠落之梦。

停下时他已汗流浃背。他轻轻点头，轻得就像和缓下来的痉挛。围绕他的只有狱友们沉默的倾听。不仅是犯人们的沉默。还有那些监视着的看守，他们灰色的沉默。一根警棍在一张坚硬的手掌里敲着四四拍。军帽，水泥，沙粒被踩碎的无声尖叫。很快将不止如此。

没有掌声。每一刻都感觉下一秒就能听到第一声拍掌；但结果只有这漫长的沉默之音，不可思议地绵延着，就像面前的悬崖并不存在。每个人都感觉到操场上的沉默，感觉到监狱工厂里一台机车在铁轨上的引擎排气声。也感觉到这沉默是对音乐的一种致谢，一种共同意志的表现，散发出一种明显的高贵；而它又是多么容易被一声尖叫或高喊所摧毁。那沉默同时也是有形的，它凝固了时间。没有人动，因为要在这样的地方保持沉默，时间必须停止。然后必须发生点什么，来打破沉默，来把时间解救出来。警卫们觉察到那一分一秒堆积升高的紧张感——就像临时搭建的路障：强行通过也许会挑起一场骚乱。所以他们等着。沉默在焖烧；焖的时间越长，最终暴发的动荡会越激烈。从寂静到喧闹：金属、叫喊、火焰。一支来复枪保险栓的咔嗒声就足以引发一切，其作用相当于时钟重新启动那试探性的第一声嘀嗒——时间动起来。沉默仿佛一道缓缓延伸的地平线，一道远方的风景，让监狱的高墙显得无用而渺小。漠然而悄无声息地，典狱长已走出办公室，静静地站在阴影里。

囚犯们形成一幅地图，他们目光的等高线勾勒出一个淡淡的人影，他安静地呼吸着，怀里抱着锈迹斑斑的萨克斯，一只手抬到嘴边，清了清喉咙。

*

1977 年，他第一次到纽约演出，地点在先锋俱乐部。他已经五十二岁，吹奏时仿佛在蹚过一片疼痛的沼泽，这让他像拄拐杖一样紧抓着萨克斯。内脏火烧火燎，来来去去的痛感深藏体内，周身总有一种隐约的麻木。

以前，他经常发觉自己边吹奏边思考，对自己的技术有所意识，这令他既分心又放心，因为这意味着在一阵阵自我意识的间隙，他可以完全纯粹地演奏——最无意识的时候，他吹得最好。于是到了某个点，演奏就变成一种狂野的技术遗忘症。而现在，知道自己已处于人生最后的岁月，他反倒能无比彻底地融入音乐，习以为常地抛开所有自我感，几乎是自动地游离或超越于自我之上。每个音符都在渴求着布鲁斯的抚慰，即使最简单的片段，也像伟大的安魂曲那样令人心碎。意识到这一点，他对长久以来一直抱有疑惑、不解和期望的某种东西感到豁然开朗——那就是，虽然他把生活搞得团糟，但那并未使他荒废自己的才华，因为作为艺术家，虚弱对他至关重要：在他的音乐里，虚弱是力量的源泉。

*

6月，劳丽安排了一次跟医院精神科主任的会面，亚特正在接受他的美沙酮疗法。整部现代爵士乐史，就是一部音乐家们最后被送进这种房间的历史；墙面和服装的雪白，仿佛是对昏暗的夜间音乐世界做出一种否定。甚至医生还在说的时候，亚特就已经忘了他在说什么。那就像每过一分钟都要睡上几秒，或者有几个画面从时间中被抽走了。他已经好几夜没睡，而现在每天的节奏似乎变得飞快，于是他不停地在几分钟的清醒和三十秒的睡眠之间来回切换。一闪一烁。可卡因，海洛因，美沙酮，酗酒——最多每天一加仑的劣质酒，他的身体终于在他的施虐下崩溃了。疾病和手术让他变得千疮百孔：他的脾脏破裂，被切除，然后是肺炎，腹疝，肝又出了问题，他的胃全坏了，胀得像……

——像什么，派伯先生？

——像，你知道吗，那些你扔进垃圾桶的黑塑料袋？就像其中一个塑料袋裂开了，里面所有垃圾破烂儿都开始掉出来。

医生摘下眼镜，看着他发际线剪得很高的平头，他的眼神空无一物，甚至连自怜或痛苦也没有。审视着这张憔悴的面孔，医生不禁想，为什么所有吸毒者都会发生这种情况：到了一定时候，脸孔似乎就会突然自己塌下去，他们变得看上去很老——不是老几岁，而是老一百岁：事实上，他们开始显得好像会长生不老。

几乎是条件反射，亚特的眼睛在房间里搜寻着橱柜，那里面可能有药片、一瓶瓶胶囊、小瓶的粉末。医生的提问毫无进展，为了引出任何可能的回答，问题不得不变得越来越简单；几乎任何东西，看上去都离他很远，或藏得很深，深到无法触及。四十五分钟后，问题已经简单到几乎不成为问题。

——派伯先生，现在是几月？

他想了想外面的气温，记忆中是温暖的，和煦的，有蓝纱布般的天空，但又不确定那是不是对很久以前一段记忆的记忆。他很想赌一下 4 月，但紧接着，正当词语在他口腔后部成形的时候，他改变了主意。

——3 月？

医生停了一下，然后移向下一个问题。问题被他的咳嗽打断。

——我说得对吗？他低声轻笑。医生很可能会被他语调中那吸毒者的拖腔惹火，似乎他根本懒得让自己开口。他希望一切都由别人代劳。

——美国总统是谁？

长长的停顿，一阵微风吹进来，屋里只有白色百叶窗布满灰尘的嘎吱声。

——这个很难，派伯说。他看着桌子，觉得说不定答案就藏在那儿，潦草地写在便笺上，或压在玻璃镇纸下面，镇纸上投射出他被棱镜放大的脸孔，一只巨大的眼睛赫然显现。许多总统的名字掠过他的脑海，一个接一个，但速度太快，像一群飞鸟，他一个都看不清。他隐约知道答案，但又无法确定。医生盯着他，等待着，不禁被这个男人缓慢奇特的思绪所吸引，随即，出于某种怪异的共鸣，他发现自己也开始游神，一时间对自己的问题的答案也有点拿不准。当他重新在心里肯定了总统的名字，他想，这个男人极端自我；他失忆的原因似乎在于他无法让自己关注任何自我感觉之外的东西——这种自闭如此强烈，以至于对他表现出的那种明显的自私，医生发现自己并不反感——因为那不仅是自私——而是，就好像，被吸入了某种对一切外物漠不关心的真空。

同事们告诉他这男人是个伟大的音乐家、艺术家，他很想知道，是什么样的音乐——什么样的艺术——能把一个如此平庸的男人提升到伟大的程度？爵士乐——有那么一会儿，他让这个词在脑海里游荡，然后，朝拳头里咳了咳，他注视着对面的男人说：

——派伯先生，我想知道，你是否可以说说爵士乐……对你意味着什么，对你个人，我是说。

——对我个人？

——对。

——我，嗯……我想……大鸟，霍克，柯川，总统……

他喃喃自语着这些毫无意义的词，就像某种咒语。医生眯起眼睛看着他，搞不清这些随意的名词组合是否真的在尝试传达某种信息。

——请问那是？

——其他一些爵士疯子，我想。嘿，我刚想起了总统的名字，总统莱斯特。莱斯特·扬。

医生用锋利的眼神看着他，嘟哝了一声，确信自己任何进一步的努力都将是徒劳：这个男人处于一种愚钝性的昏迷状态。

随着医生的椅子在无声的油地毡上向后拉开，会面宣告结束，整理一下文件在形式上相当于在会议室的握手告别。他向病人妻子交代了几件事，她之前一直安静地坐着，不时露出微笑，似乎她丈夫不知道现在是几月是世界上最正常的事情。在此期间，病人继续自己僵尸般的房间扫描。

医生在他的笔记簿上随手写了几行，其中一行的笔迹故意比平常更加潦草，那是一条备忘：关于这个男人据说录过的唱片，提醒自己去找几张听听。

——我们到底在哪儿演出，公爵？哈利问，他们在镇子边上等红灯。

——我不知道，哈利。我以为你知道。我只知道镇的名字。

——噢，公爵……我简直不敢相信。又这样。

——继续开。也许我们会看到海报或碰见熟人。

他们驶过广告牌和公寓楼，铁轨，毫无吸引力的酒吧黑乎乎的入口。汽修厂飘扬的红白彩旗在欢迎他们。红绿灯在一片大陆般的天空下跳舞。

这是个破败的小镇，一股尘土和凄凉的工厂气息。他们看到的大部分招牌上都写着“关闭”或“出租”。在墙上找了十分钟海报之后，哈利在一家银色门面的餐厅前停下车，进去打听。过去发生这种情况时，他们通常就会跑进像这样的地方，问有没有人知道那晚艾灵顿公爵在哪儿演出。一般都有人知道——偶尔还有人会认出他——但也经常会遇见一帮食客慢慢地摇着头：“什么公爵?”这里看上去就像那种小镇，看着哈利高高的身影消失在餐厅门口，公爵心想。

坐在车里等的时候，公爵转过后视镜看看自己，眼睛下的袋鼠口袋，每天在下巴上重现的胡楂。半小时后，最多一小时，他们就会在旅馆住下，睡几个小时，吃点东西，然后演出，然后再次出发。如果有机会，他会抽出一个小时试着写写这首新歌。自从清晨打开收音机，他就一直在脑海里考虑它。最终写成的跟最初想的从来都不一样，但他已经有了大致的思路，他要围绕哪些家伙去写——总统，蒙克，科尔曼·霍金斯或明格斯——以及他将要怎么去做。知道如何开头，从谁开始，那是最难的部分。他已经想过各种可能性，但谁也不能——无论是霍克、大鸟或总统——提供他所需要的那种广度。突发奇想，他决定让一切随机，打开电台，不管那一刻谁在演奏，就从他开始。毕竟，一开始他就是从收音机得到的灵感，而且如果那个人他不喜欢，他可以跳过去再来一次，不停地关上又打开，直到合适的人选出现。这是个疯狂的点子，但管他呢，试试看。他一边想那会是谁，一边按下了开关。他立刻听出那是

《大篷车》（*Caravan*）的开场。他朝镜子里看看，看见了答案，对方面带微笑和疲倦，正在盯着他的脸。过了一会儿，他看见哈利同样微笑着出现在餐厅门口，向汽车走来。

——搞错地方了，公爵……

后记：传统，影响，及创新

1

在他的那本《真实存在》(*Real Presences*)里，乔治·斯坦纳（George Steiner）让我们“想象一个严禁对艺术、音乐和文学进行任何谈论的社会”。在这样一个社会，没有文章探讨哈姆雷特是真疯还是装疯，没有关于最新展览和小说的评论，没有对作家或艺术家的特写。没有任何二手的，或者说寄生的论述——更别说第三手的：对评论的评论。相反，我们会有一个“作家和读者的共和国”，那里的创作者与受众之间没有一层专家观点的软垫。我们周日报纸目前的作用是替代真正的展览和读书体验，而在斯坦纳的想象共和国里，评论版会变成清单：全是目录和信息，告诉我们有什么要开张、出版或发行。

这样的共和国会怎么样？艺术会不会因为评论臭氧层的毁灭而变差？当然不会，斯坦纳说，因为每场马勒交响曲的演出（为了在他自己偏爱的领域多停留片刻）都是对那部交响曲的一种评论。不过，跟评论家不同，演奏者“在阐释过程中投入了自身的存在”。这种阐释是自动**生效**的，因为演奏者对作品负责的方式，即使最严谨的评论家也望尘莫及。

当然，很明显，这种情况不仅适用于戏剧和音乐：所有艺术都是一种评论。这在一个作家或作曲家对另一个作家或作曲家的材料进行引用或改编时表现得尤为清楚。所有的文学、音乐和艺术“**对与其相关的传承和背景都体现出一种注解性的感想，一种价值判断**”。换句话说，像亨利·詹姆斯这类作家，不仅在信件、随笔或谈话中显示出他们同时也是一流的批评家，而是更有甚者，比如《一位女士的画像》，除去其他种种，本身就是对《米德尔马契》的一种注释和评论。“对艺术的最好解读是艺术。”[①]

刚让这假想的共和国宣告成立，斯坦纳便哀叹说：“那就是我幻想的蓝图。”然而，那并非幻想。那是个真实的所在，大半个世纪以来，它为成千上万的人提供了一座全球性的家园。这个国度有个简单的名字：爵士。

*

爵士，众所周知，发源于布鲁斯。从一开始，它就是由听众与演奏者的共同参与发展而来。就像查理·帕克，三十年代在堪萨斯城，他去听莱斯特·扬和科尔

① 上述引语皆来自《真实存在》。——原注

曼·霍金斯，第二天早上便得到机会跟他们一起即兴排练。迈尔斯·戴维斯和马克斯·罗奇（Max Roach）在他们的学徒期先是听唱片，然后是跟帕克坐在明顿和五十二街上的那些俱乐部听现场，边听边学。接下来的约翰·柯川、赫比·汉考克（Herbie Hancock）、杰基·麦克林（Jackie McLean），以及一大堆其他人，培养出了很多七八十年代的重要乐手，而他们的技艺都学自——用麦克莱恩的话说——“迈尔斯·戴维斯大学”。

因为爵士不断在以这种方式演化，所以它仍然与其源头的勃勃生机保持着独特的联系。一名萨克斯风乐手，会不时在独奏中引用别的音乐家，但每次拿起萨克斯，对于把这段音乐摆在他脚下的传统，他都无可避免地要作出评论，自动而含蓄，即使那只能通过他自身的不足来实现。在最差的情况下，这会导致简单的重复（想想那些无穷无尽的柯川仿造品）；有时它则会引发对以前只是略微触及的可能性展开探索。而在最好的情况下，它会扩展这种形式的可能性。

在整个爵士乐史中，有众多被当作即兴跳板的曲子，这些演奏性评论的重点往往集中于此。通常这些曲子都有个不起眼的源头，比如轻流行歌曲。要不然就是最初的作品已经成为标准（还有什么别的艺术会把经典当成标准？想象一下托尔斯泰出个企鹅标准版）。瑟隆尼斯·蒙克的《午夜时分》大概世界上每个爵士乐手都演奏过；每个后来的版本都在检验它，发掘它，看还有什么事情可以做。这些后续版本加起来，相当于一份斯坦纳所说的“表演性评论的教学大纲”。没有什么别的艺术形式比爵士更深刻地论证了 T. S. 艾略特那著名的区分：什么是死的，什么已经活了[①]。

在理想状态下，一首老歌的新版应该是一种再创作，这种作曲与即兴之间的不稳定关系，是爵士能够不断自我补充的原因之一。西奥多·阿多诺（Theodor Adorno）在论及作品 57 号《热情》钢琴奏鸣曲时写道：“我们有理由这样想，贝多芬最初想到的并非是后来出现在作品说明中的主题，而是乐曲尾声处那个极为重要的变体，看上去，他仿佛是回顾性地从结尾的变奏中找到了首要主题。”在爵士乐中，类似的事情也经常发生：在独奏过程中，音乐家短暂甚至无意触及的一个乐句就可能成为一首新曲子的基础，而这首新曲子又会被继续即兴加工——于是这些独奏便接连不断地制造出新的乐句，最终发展成一首作品。艾灵顿公爵的手下经常抱怨他们在独奏中的片段被公爵记下，然后谱成曲子以他的

① 参见 T.S.艾略特文学评论集《传统与个人才能》，卞之琳等译，上海译文出版社，2012。——译注

名字发表——虽然他们很快就承认，只有公爵那样的天才才有抓住那些片段的潜力，并将其发挥到极致。

因为艾灵顿是最富饶的源头，我们可以从他开始，给出一个更明确的例证，说明音乐是怎样以最佳方式评论自己的。艾灵顿为伟大的次中音萨克斯演奏家柯川写了《搭乘柯川号》（*Take the Coltrane*）；查尔斯·明格斯的《给公爵的公开信》（*Open Letter to Duke*）是一篇论艾灵顿的音乐散文；随之而来的是芝加哥艺术乐团（Art Ensemble of Chicago）的《查理·M》（*Charlie M*）。在接下来的数年间，几乎毫无疑问，这个链条会被继续延长：比如向芝加哥艺术乐团的萨克斯乐手致敬的《约瑟夫·J》（*Joseph J*），或那首《给罗斯科的公开信》（*Open Letter to Roscoe*）。

这种派对游戏可以无限延续下去，只要我们用不同的歌名做开头。从瑟隆尼斯·蒙克或路易斯·阿姆斯特朗（Louis Armstrong）开始尤其会硕果累累，但其实多达上百个爵士音乐家是有一两首歌写给他们的。如果我们在所有可能的歌曲间连线，组成一幅致敬或献礼的示意图，那张纸很快就会变得漆黑一片，图表的含义将被它要传达的信息量所覆盖。

在表演性评论的发展过程中，一个较不清晰的影响表现在爵士音乐家个人风格的形成上。有自己独一无二的声音和风格，是成为一名伟大爵士乐手的前提。在此，正如爵士乐中经常发生的那样，出现了一个明显的悖论：要让声音听起来像自己，先要让声音听起来像别人。迪兹·吉莱斯皮（Dizzy Gillespie）在回想早年岁月时说："每个音乐家都是在前人基础上成长起来的，最终你的演奏里有了足够多自己的东西，你就有了自己的风格。"接下来是迈尔斯·戴维斯想吹得像迪兹，而他之后的无数小号手——最近的是温顿·马萨利斯（Wynton Marsalis）——则想吹得像迈尔斯。他们常常是通过失败而获得了自己的声音。又是迪兹："我一心想吹得像〔罗伊·埃尔德里奇（Roy Eldridge）〕，但我总是吹不像。我吹得乱七八糟，怎么都不行。所以我开始尝试别的东西。那就发展成后来人们所说的波普。"同样，迈尔斯那孤单、冷酷的美妙声音源自于他无法在高音域持续地狂飙，而那正是迪兹的招牌。

有两种表面上互相矛盾的方式，可以听出音乐前辈的声音。有些音乐的个性如此强烈，与某种声音的联系如此紧密，以至于它们统治了整个情感表达领域，其他人要进入这个领域，只能以放弃自己的个性为代价。有时一个音乐家的个性彻底渗透到某种风格中，导致这种风格似乎只可能被模仿，而无法被充分吸收或超越。现在当一个小号手要吹一首带弱音的情歌，几乎不可能让自己听起来不像在模仿迈尔斯·戴维斯。

另一方面，有个别罕见的例子，音乐家将其受到的决定性影响发挥到了极致，以至于有时候，如同哈罗德·布鲁姆（Harold Bloom）在《影响的焦虑》（*The Anxiety of Influence*）中说某些诗人那样，他们会“达到一种境界，获得并奇怪地保有超越前人的优先权，于是时间的暴政似乎被推翻了，在某些惊人的时刻，你会相信，他们是**被其先辈所模仿**”。莱斯特·扬常常听起来好像受惠于斯坦·盖茨（Stan Getz）之流，但其实后者的声音完全拜莱斯特所赐。而有时早期的基斯·加雷特（Keith Jarrett）让我们怀疑比尔·伊文斯（Bill Evans）是否弹得太像加雷特。[①]

由于表演方式上的特性，对于这种形式的比较，爵士提供的机会比任何其他艺术形式都要多。乐团演出和临时即兴之间的区别一向很模糊（一个签约录音室的乐队通常录完就会解散，即使“有名”的乐团也是暂时的流动组合，很少要求任何成员只为自己服务），一年之中，许多不同的音乐家会以许多不同的形式一起演

① 还可参见布鲁姆在《影响的焦虑》中论诗人华莱士·史蒂文斯（Wallace Stevens）与约翰·阿什伯里（John Ashbery）。——原注

奏：二重奏，三重奏，四重奏，大乐队。在最差的情况下，这会导致某个巡回演出的明星乐手每到一处都和一个临时拼凑的新乐队合作；但同时一名低音贝斯会得到源源不断的工作，因为如果在极短的排练时间内缺乏灵感，可以靠他来维持场面。不过，这种灵活的雇佣方式有个很大的好处，那就是我们可以听到爵士乐中独立个体的声音以几乎无限的可能交织在一起，每种排列都会产生一种新的声音。盖瑞·穆里根（Gerry Mulligan）和蒙克在一起会怎么样？或者柯川跟蒙克？艾灵顿公爵跟科尔曼·霍金斯？强尼·迪亚尼（Johnny Dyani）跟唐·切瑞（Don Cherry）？唐·切瑞跟约翰·柯川？亚特·派伯和迈尔斯·戴维斯的乐队？桑尼·罗林斯（Sonny Rollins）和柯川的乐队？你只有听过唱片才知道。[①]每种不同的组合都使每个乐手的特质更为鲜明〔尤其是在像《疯狂次中音》（*Tenor Madness*）这样的唱片里，当柯川与罗林斯，一个三十岁一个二十七，吹得几乎一模一样的时候——但事实证明，那个“几乎”是

① 虽然不同乐手之间的合作非常多，但自然还是有不少人们希望发生的组合没有发生：法老桑德斯（Pharoah Sanders）与强尼·迪亚尼，迪亚尼与加勒特，亚特·派伯与加勒特……不过，因为这类乐手的演奏广为录制，我们不难想象他们的合作可能会怎样。留给未来科技的任务？——原注

多么发人深省〕。

当这种组合中一起演奏的音乐家不是同代人，而是分属不同时代时，那么结果也许更加动人。艾灵顿公爵和柯川；艾灵顿与明格斯和罗奇；米尔特·辛顿和布兰福德·马萨利斯（Branford Marsalis）。这种大师与学生——就冯·弗里曼（Von Freeman）和奇科·弗里曼（Chico Freeman）而言是父与子——最终以平等身份同台演出，记录在案的还有许多：科尔曼·霍金斯与桑尼·罗林斯，本·韦伯斯特与霍金斯，迪兹与迈尔斯。

文学批评的标准程序之一，是把不同作者的文本放在一起，以显示出他们各自的特质与关联。而在爵士乐中，交叉演出的绵延网络意味着上述工作天生就包含在日渐增厚的音乐目录中。某个特定乐手的表演既是在回答一些问题（关于当下或之前跟他一起演出的音乐家，关于他和传统发展的关系），同时又是在提出一些问题（关于他自己在做的，关于他自身的价值，关于他参与演出的形式）；跟他一起工作的音乐家，以及他的跟随者，会提供一些临时性的答案，但这些答案同时也是问题——关于**这些**音乐家的价值，**他们**与传统的关系。在一个精巧的、处于临界状态的循环系统中，这种音乐形式始终既在自我阐释，又在自我提问。

由于这种音乐本身已经做了很多通常是留给评论者

的工作，所以针对爵士乐的评论文章一直相对较少也就不足为奇。当然还是有许多关于爵士乐的评论和杂志。不过，从历史上看，爵士乐写作的水平一向非常之低，丝毫未能表现出这种音乐的生机勃勃，以至于它们几乎无关紧要，除了——正如斯坦纳所说的——传达一些信息资料：谁和谁一起演出，某张唱片何时录制，如此等等。对西方文学或艺术史的批评传统加以清除会使我们的文化资产全面毁灭（没有约翰·伯格论毕加索，没有本雅明论波德莱尔）。相比之下，除了一些音乐家的回忆录和以爵士乐为灵感的奇异小说（迈克尔·翁达杰的《经过斯洛特》是一部杰作），即使所有关于爵士乐的写作全部丢失，对这种音乐遗产造成的损失也微不足道。[①]

---

① 也许很少有关于爵士乐的一流写作，但也很少有艺术形式能比爵士乐更好地让摄影师为其服务。的确，爵士音乐家的照片几乎是我们所拥有的人们从事实际艺术创作的唯一影像证据。这并不是说演员、歌手或古典音乐家不是艺术家，而是说，无论革新或原创，他们的工作本质上是阐释性的。当然也有许多他们的照片：作曲家在钢琴前，艺术家在画架前，作家在书桌前，但这些基本都是摆拍——书桌、画架或钢琴更多是作为道具，而不是工具。一张爵士乐手全情投入的现场照片能让我们贴近他们艺术创造的动作——或对其本质产生共鸣，正如一张运动员的照片能让人观察其奔跑的动作——或感受到奔跑的本质。——原注

2

尽管有上述种种，但爵士乐绝非一种封闭的艺术。它之所以始终生机盎然，原因在于它既是历史的一部分，却又有着惊人的吸收历史的能力。即使没有其他证据留存下来，未来的电脑想必也能从爵士乐唱片目录中重建出整个美国黑人的历史。我甚至没有去考虑那些直接关联的作品，比如艾灵顿公爵的《黑色，棕色，淡棕色》，它被认为是音乐版的非裔美国人历史；亚特·谢普（Art Shepp）的《阿提卡布鲁斯》（*Attica Blues*）或《马尔科姆，马尔科姆，永远的马尔科姆》（*Malcolm, Malcolm, Semper Malcolm*）；明格斯的《为消极抵抗祈祷》（*Prayer for Passive Resistance*）；或麦克斯·罗奇的《**自由时刻组曲**》（*Freedom Now Suite*）。沿用阿多诺评论中所建议的方法，我想要一些更普通的，他说“小提琴那再度深情起来的音调位列笛卡儿时代最伟大的创新之一，并不是没有理由的”。在对阿多诺的详尽阐述中，弗雷德里克·詹姆森（Fredric Jameson）解释说：“的确，在其漫长的优势阶段，小提琴和独立主观性的兴起保持着密切关系。”阿多诺所指的是十七世纪以来的时期，但他的话同样也适用于小号和二十世纪黑人独立意识兴起之间的紧密关系，从路易斯·阿姆斯特朗一直到迈尔斯·戴维斯。四十年代以后，那种紧密关系中又加入了萨克斯的竞争，使其更加完整。用奥奈特·科尔曼（Ornette Coleman）的话说："有关他们的灵魂是什么，黑人做出的最好回答，就是次中音萨克斯。"

虽然科尔曼在这里主要是想区分次中音萨克斯和中音萨克斯，但他的说法在更大范围内——次中音萨克斯与其他的表达方式（文学，绘画）之间——也同样有效。这点很重要，因为与爵士乐善于吸收周边历史的能力并存的，是它可以把演奏者提升到天才的水平，没有爵士乐，他们就没有表达自己的手段。正如艾瑞克·霍布斯鲍姆（Eric Hobsbawm）所说的，爵士乐"挖掘出的潜在艺术家数量比我们这个世纪任何别的艺术都要多"。艾灵顿是个有天分的画家，但大部分爵士巨人，他们作品所依仗的那些品质和特性，在别的艺术形式中都会阻碍他们前进。所有让明格斯音乐狂野不羁的特质，却使其自传《败上加败》（*Beneath the Underdog*）的写作显得浮夸、愚蠢。他内心没有丝毫的小职员感，而所有作家都需要几分小职员式的琐碎和校对员般的勤奋。"没有小号，路易斯·阿姆斯特朗是个很局限的人，"霍布斯鲍姆指出，"但一吹起小号，他便像个唱片天使，精致而充满怜悯。"还有什么别的艺术形式，能让一个亚特·派伯这样的人，达到如此程度的美？

现在提及派伯是恰当的，因为这提醒我们，虽然爵士乐主要是一种黑人情感的表达方式，但并不仅限于此（正如艾灵顿的歌名《黑色，棕色，淡棕色》所暗示的，美国黑人历史与美国白人历史是紧密缠绕的；黑人民族独立运动是一个反证）。白人乐队领队斯坦·肯顿（Stan Kenton）则把讨论的时限推得更远，在爵士中听到了对苦痛的时代精神进行表达的可能性："我认为今天的人类正在经历以前从未体验过的事情，各种各样的精神问题和情绪发展受阻，对此传统音乐完全无能为力，不仅做不到令人满意，而且根本无法表达。所以我相信，作为一种新音乐，爵士乐出现的时机恰到好处。"

如果说肯顿的话带有那么一点自私性质——在含蓄地为他自己的音乐做广告——那么我们可以换一个有绝对权威的人，一个在音乐上没有既得利益的人。1964年，马丁·路德·金在柏林爵士音乐节上致开幕词，他的出席是为了提醒人们注意，黑种人争取公民权的斗争与爵士音乐家争取艺术承认的斗争是何等相似。金在他的致辞中指出，在表达黑人生活的痛苦、希望和欢乐上，远在作家和诗人担此重任之前，音乐早已扮演了主要角色。爵士乐不仅体现了黑人生活经验的核心，他接着说，而且“在美国黑人的抗争中，有某种与整个现代人的普遍抗争相类似的东西”。

这个连接至关重要；一旦连接，爵士乐这一媒介所代表的就不仅是一个人，而更是——不言而喻——一个世纪，所表达的就不只是美国黑人的状况，更是整个历史的状况。

3

“在漫长一生的中途，或短暂一生的终点……”

——约瑟夫·布罗茨基

金的话也促使我们认识到，为什么总有一股危险——或冒险——的气息萦绕在爵士乐史周围。

任何对爵士乐产生兴趣的人，都会很快对爵士乐手的高伤亡率感到震惊。即使对爵士乐没有特别兴趣的人，可能也听说过切特·贝克，他已经成为爵士音乐家命运多舛的典型，他那张英俊脸庞的坍塌是爵士乐与毒瘾间共生关系的直接写照。当然还有无数的黑人——以及少数几个白人——爵士乐手，比切特更加才华横溢，一生却比他还要悲惨得多（切特毕竟能活着看到自己的传奇）。

几乎所有黑人音乐家都遭受过种族歧视和虐待〔亚特·布莱基（Art Blakey），迈尔斯·戴维斯和巴德·鲍威尔都被警察痛打过〕。而在三十年代引领爵士乐潮流的科尔曼·霍金斯和莱斯特·扬，其共同点是最终都成了酒鬼。四十年代开创了比波普革命，并在五十年代将其发扬光大的那一代音乐家，则都染上了当时泛滥的海洛因毒瘾。很多人最后都戒了——罗林斯，迈尔斯，杰基·麦克林，柯川，亚特·布莱基——但那些从未有过毒瘾的音乐家组成的花名册，跟这些曾经有过的相比，其天才闪耀的程度相差甚远。毒瘾导致入狱的情况有直接的〔比如亚特·派伯，杰基·麦克林，埃尔文·琼斯（Elvin Jones），弗兰克·摩根（Frank Morgan），罗林斯，汉普顿·霍斯（Hampton Hawes），切特·贝克，瑞德·罗德尼（Red Rodney），盖瑞·穆里根，以及其他〕，也有间接的（比如斯坦·盖茨，他在抢劫商店时被捕，以及瑟隆尼斯·蒙克，他自己并不吸毒）。而通往医院精神病房的路，虽然崎岖坎坷，也被他们一个个踩出来。蒙克，明格斯，扬，帕克，鲍威尔，罗奇——如此众多四五十年代的爵士乐领军人物深受精神崩溃之苦，以至于可以毫不夸张地说，贝尔维精神病院跟鸟园俱乐部一样，都是现代爵士乐之家。

文学研究者通常将雪莱和济慈的早逝——分别为三十岁和二十六岁——看作是对感伤浪漫主义命定要不幸的一种实践。在舒伯特那里，我们同样也看到了浪漫主义天赋的典型特征，它几乎一边盛开一边枯萎。这三者都在暗示早逝是创造力的前提。他们感觉到时间已经所剩无几，他们的才华必须在短短几年内完全绽放，而不是用数十年去慢慢成熟。

对于比波普时期的爵士音乐家来说，要活到中年开始变得像做长寿梦。约翰·柯川死于四十岁，查理·帕克三十四岁，并且在走向人生终点时都说在音乐上他们已不知要去向何处。类似的例子还有很多，他们要么死在全盛的顶点，要么潜在的才华还没有完全发挥。李·摩根（Lee Morgan）死时三十三岁（在俱乐部演出时被枪杀），桑尼·克瑞斯（Sonny Criss）二十九岁时自杀，奥斯卡·佩蒂福德（Oscar Pettiford）死于三十七岁，艾瑞克·杜菲三十六岁，胖子纳瓦罗（Fats Navarro）二十六岁，布克·利特尔（Booker Little）和吉米·布兰顿（Jimmy Blanton）二十三岁。

在少数情况下，某些音乐家的天赋是如此惊人，他们去世时已经创作出大量重要作品——但甚至这种稳固的成就也是一种痛苦的提醒，提醒我们在未来他们本可达到的水准该有多么高。当克利福德·布朗（Clifford Brown）二十五岁丧生车祸时〔连同巴德·鲍威尔的弟弟，钢琴家里奇·鲍威尔（Richie Powell）一起〕，他已经位居有史以来最优秀的小号手之列；想想看，如果迈尔斯·戴维斯也在同样年纪去世，那么除了《酷派的诞生》（*The Birth of the Cool*）便再无其他，损失之大由此可见。

鉴于其生活方式——酗酒，吸毒，受歧视，艰苦的旅行，身心透支——这些人的平均寿命稍低于那些生活步调更为平缓的人，也就不足为奇。但他们被损毁到如此地步，让你不禁怀疑是否还有其他什么原因，来自这种艺术形式本身的原因：要求其创造者付出可怕的代价。抽象表现主义的作品以某种方式将画家推向自毁——罗思科（Rothko）在画布上割腕自杀；波洛克（Pollock）醉驾撞树身亡——这在艺术史上已司空见惯。同一时期，在文学方面，这种说法也很熟悉，且颇具说服力：西尔维娅·普拉斯（Sylvia Plath）诗歌中的无情理性驱使她走向自杀，罗伯特·洛威尔（Robert Lowell）和约翰·贝里曼（John Berryman）的发疯被视为——借用杰里米·瑞德（Jeremy Reed）研究此现象的著作标题——“诗的代价”。无论我们怎样看待此类说法，在现代绘画和诗歌更大的时间尺度内，抽象表现主义和自白派诗歌都不过是一段插曲。那么，是什么让爵士乐从其诞生的那一刻起，就在它的演奏者身上撒下毒咒呢？公认的爵士乐第一人，巴迪·博尔登（Buddy Bolden），在一次游行演出中疯了，在精神病院度过了他人生的最后二十四年。“博尔登之所以发疯，”杰利·罗尔·摩顿（Jelly Roll Morton）说，“是因为他用小号把自己脑子吹了出去。”

如果这一说法，即认为爵士乐这种形式天生就具有某种危险性，乍听上去似乎有点耸人听闻，那么仔细想想，我们几乎找不到其他可以用来替代的可能。迪兹·吉莱斯皮的论断——这种音乐只有一条路可走，那就是向前——可以放在这个世纪的任何时候，但从四十年代以来，爵士乐的发展就一直如肆虐的森林大火般激烈而迅猛。一种艺术形式，进展如此飞速，如此充满刺激，怎能不要求人们为它付出巨大代价？如果爵士乐与“现代人的普遍抗争”有重要关联，那些创造它的人，怎能不带有那种抗争的伤痕？

*

爵士乐发展如此飞快的原因之一，在于乐手们被迫必须——纵然只是为了有更多收入——夜复一夜地演出，一周六七晚，每晚三四场。那不仅是表演，更是即兴，是一边演一边创作。这产生了两个看似相互矛盾的结果。里尔克等了十年，直到令他写出《杜伊诺哀歌》开头的那股灵感再次降临，才把它写完。而对爵士音乐家来说，他们不可能坐等灵感到来。不管有没有灵感，他们都必须努力工作，继续演奏。矛盾的是，一方面，每夜在俱乐部和录音时的即兴表演，导致疲倦的乐手不敢冒险，转而依赖现成的老一套。但另一方面，需要不断去即兴意味着爵士乐手始终处于一种创作兴奋的状态，习惯性地随时准备去创新。随便哪个晚上，四重奏里任何一个的演奏都可能充分有效地带动其他成员的表现，直到一阵交互的战栗同时掠过观众和乐手：音乐突然**活了**。此外，爵士音乐家的工作环境，决定了有数量庞大的材料可供录音（每年都有许多以前没听过的现场，像柯川和明格斯之类的，被录成唱片发行）。这些录音大部分听过几次就会觉得非常普通——但即便如此，你还是会被其平均水平之高所打动。或者更确切地说，这一感觉引出了关键的一点，我们被打动是因为，这种音乐制定的标准如此之高，你很快就对任何不那么伟大的作品变得无动于衷。爵士乐活起来的那种感觉极其微妙，但一比就能知道，它跟乐队在爵士乐唱片目录（及许多现场演出）的阴影笼罩下随大流的摇摆截然不同。这种认知——这种感觉——让爵士音乐家必须面对一条令人胆战的陡坡，因为，爵士乐中构成伟大的因素有那么多是在技术范畴之外；因为，一如所有乐手都认同的，当音乐要依靠你的体验时，依靠你作为男人所能献出的东西时，你必须把自己的一切都投入到演奏中。“音乐是你自身的体验，你的思想，你的智慧，”查理·帕克说，“如果你不为它而活，它就不会从你的萨克斯里出来。”许多比波普时期的音乐家——瑞德·罗德尼是最好的例子——转向海洛因，是因为希望海洛因能帮他们连接上某种神秘之物，不管那是什么，正是它让查理·帕克这个多年的瘾君子拥有了似乎无穷无尽的创造力。这跟当今体育界盛行的状况很相似，选手们服用兴奋剂，是因为他们的成绩标准似乎超过了没有药品辅助所能达到的水平。

到了五十年代，年轻乐手发现帕克的大多数创新他们都已游刃有余。帕克所释放出的表现潜力如此丰富，只需将他打造的风格流畅地加以演绎，便足以奠定一个乐手的地位。这种现象在所有艺术中都很普遍：在绘画中，立体派的潜力有效地将许多画家的作品质量提升了一个层次，超越了他们如果只通过自身努力去寻找一种风格所能达到的水准。此外，最先蹿红的是像强尼·格里芬（Johnny Griffin）那样的乐手，较之那些离经叛道者，他们醒目地展示了比波普的独特之处——就格里芬而言是速度。

然而，到了五十年代末，比波普滋养年轻一代的能力走到了头，因为爵士乐再次进入了一个飞速转变的时期。在此之前，正如泰德·乔亚（Ted Gioia）指出的，只要能对音乐作出一点贡献，能在某种乐器上找到自己的声音，乐手们便已心满意足。而到了六十年代，音乐家们似乎开始感到要对作为整体的音乐负起责任——不仅是对它的过去，它的传统，还要对它的未来。明天变成了“问题”，重要的是“爵士乐未来的形态”。在六十年代，当两股潮流变得日益明显，我们看到赌注再次被提了起来。音乐家们觉得自己正在拓展音乐的边界，企图让它更具表现力。“我在比波普时期已经表达得无可表达。”艾伯特·埃勒（Albert Ayler）说，他的音乐打破了爵士乐传统的后门。至于他们究竟想把音乐带向何处，当时也许还并不是很清楚——因为六十年代的另一个趋势，是让音乐家自己在大量无意识创作所累积的能量中随心所欲。

新音乐——当它渐渐变得有名——仿佛时刻都在向尖叫靠近，似乎它吸收了曾与爵士乐如影随形的那种危险。当民权运动让位于黑权主义，当美国贫民区暴乱四起，这一历史时刻中所有的能量、暴力以及希望，似乎都融入了这种新音乐。同时它变得越来越不像对音乐才能，或者体验——就比波普而言——的探测，而更像是对灵魂，对萨克斯能否将内心撕裂的一种探测。柯川这样评论加入其乐队的新成员法老桑德斯，他强调的不是桑德斯的演奏，而是他那“巨大的精神积聚。他始终在追寻真理。他竭力以自己的灵魂为向导”。

4

柯川的名字在这里出现并不奇怪。上述所有潮流最终都汇聚于他，都能在他身上**听到**。爵士乐演绎的野火中那与生俱来无可避免的危险感在柯川那里变得清晰可闻。从六十年代早期直到他 1967 年去世，柯川让人感觉他既在驱使自己的音乐一路向前，又在被其狠狠鞭策。他是个登峰造极的比波普乐手，不断在努力打破现存形式的局限。在短短五年内，集合了柯川、埃尔文·琼斯、吉米·加里森（Jimmy Garrison）和麦考伊·泰纳（McCoy Tyner）的经典四重奏——有史以来最伟大的四人创作组合——将爵士乐的表现力带到了一个几乎任何其他艺术形式都不曾超越的高度。柯川是他们的头，但他对乐队的节奏乐器部分充满了依赖，他们不仅以电光火石般的敏捷跟随他穿过即兴的迷宫，而且还迫使他发挥出更高的水平。对于心里有着音乐之源的人，形式潜力上的极限探索似乎还不足以容纳他灵魂的力量与强度。在他们最后的唱片中，我们可以听到乐队在可能性的边缘呻吟，一种高度进化的音乐形式被推到了极限（而柯川，正如我们所见，仍不会就此停留）。

在柯川音乐灵魂的攀升中，《至高无上的爱》（*A Love Supreme*）是一部关键作品，它以一段涵盖万物的长梦收尾，一段对时间尽头的追寻，让次中音萨克斯像烟雾般飘浮在整体节奏之上。六个月后，1965 年 5 月，他又录制了一张唱片，《冥想之初》（*First Meditations*）四重奏，它**开始**于一种对结束的向往：乐队已经无处可去，但他们仍在强行前进。整张唱片就是一篇痛苦的告别词，乐队的四名成员在一一道别：向他们彼此，向他们的凝聚力，向他们的目标——用四重奏这一形式去表现柯川那不屈不挠的灵魂。

初听就能明显感觉到，在《冥想之初》及类似的《太阳船》（*Sun Ship*，1965 年 8 月）里，有一种可怕的美。但直到听了法老桑德斯在一次二重奏中与钢琴家威廉·亨德森（William Henderson）演奏那首《生存空间》（*Living Space*，最初由柯川录制于 1966 年 2 月），我才意识到那到底有多可怕。虽然没有那么强大，但法老的声音拥有柯川全部的密度与激情，并且散发出一种柯川后期从未有过的宁静。一开始我很奇怪（评论，说到底，其实就是尝试清楚地表达出你的情感），然后很快意识到，原因在于埃尔文·琼斯。随着乐队的发展，四重奏的音乐越来越被柯川与琼斯间本质上的争斗所支配，后者的鼓声就像从未真正砸落的海浪，但又始终在不停砸落。早在 1961 年，在《圣歌》（*Spiritual*）的结尾，高音萨克斯似乎就快要被沉重的鼓声淹没，但随即又再次出现，挣脱了涌向它的击打之浪，漂浮于其上。等到了《太阳船》，特别是《亲爱的》（*Dearly Beloved*）和《实现》（*Attaining*）这两首，琼斯简直是穷凶极恶：萨克斯似乎已不可能在鼓声的猛击下幸存。柯川在十字架上，琼斯在敲钉子。祈祷变成尖叫。如果说琼斯听上去仿佛想毁掉柯川，那么反过来柯川无疑也希望——需要——他这样做。事实上，柯川希望琼斯能走得更远，有段时间他不惜让自己同时跟两个鼓手对抗：琼斯和拉希迪·阿里（Rashied Ali），后者从表面看甚至更为狂野。柯川最后的唱片是他与阿里的二重奏，但柯川跟他的关系不像跟琼斯那样，有一种永不停歇的强迫感。

有时柯川也会起用像艾瑞克·杜菲这样的乐手，来作为四重奏音乐核心的补充。而从 1965 年之后，他开始不断增加额外乐手，四重奏被覆盖了，音乐达到一种几乎无法穿透的稠密，他抛弃了四重奏的《冥想之初》，代之以一个更极端的、以法老桑德斯和拉希迪·阿里为主的版本。不知道在这样一种形式下该如何给自己定位，泰纳于 1965 年 12 月离开了乐队，三个月后埃尔文·琼斯也走了。“我经常听不到我自己——其实我谁也听不到！”琼斯说，“我只能听到一大堆噪音。我对那种音乐毫无感觉，而当我毫无感觉的时候，我就不想干了。”

柯川后期的大部分作品中〔乐队核心成员包括加里森、阿里、桑德斯，以及弹钢琴的爱丽斯·柯川（Alice Coltrane）〕，只有很少一点美，却有许多的恐怖。那是一种在极端情况下构思出的音乐，也最适合在极端情况下聆听。当柯川的关注变得越来越宗教化，他的音乐大都呈现出一片充满混乱和尖叫的狂暴风景。他似乎想把所处时代的全部暴力都吸入他的音乐，好让这个世界更加平静。只是极偶尔地，比如那首令人难忘的《地球和平》（*Peace on Earth*），他似乎才终能融入他所希望创造的那种安宁。

5

因为自由爵士乐渐渐分崩离析，变得越来越像噪音，越来越不像音乐，它的听众开始锐减，越来越多的乐手转向爵士摇滚。七十年代的融合爵士乐被许多人认为是爵士乐的黑暗期，在那之后，八十年代，当后波普爵士乐在新一代听众和乐手身上重获生机时，我们看到了一股复苏的潮流。爵士乐永远不会有大量听众，爵士乐手仍然收入不稳，但那种与比波普创作如影随形，与六十年代的新音乐融为一体的危险感，已不复存在。既然那种急切的冒险感是爵士乐的天性，这是否意味着它已经失去了当初的活力呢？今天的爵士乐状况如何？

对于表达都市贫民区的生存体验，与其他形式的音乐相比，今天的爵士乐显得太过复杂；这方面嘻哈乐做得更好。爵士乐一度是表现纽约切分音节奏的最佳方式，而现在这座城市已经转向了豪斯舞曲。但作为一种反叛之音，垮掉派，时髦人士，以及梅勒所说的白色黑人本能地被爵士乐所吸引，因此当人们对流行乐的平庸产生厌倦之后，爵士乐就日益成为他们的首选。自然，在新一波的英国黑人乐手看来，爵士乐的地位就相当于罗兰·柯克过去常说的黑人古典乐。

爵士乐表演的环境也变了。如今只有很少的俱乐部——在纽约“先锋村”（Village Vanguard）是最好的例子，还有新开的“编织工厂”（Knitting Factory）——能完全致力于音乐，避开昂贵的装饰，让观众和乐手自己去营造气氛，相反，奢侈华丽的小型夜总会正日益变成主流。有时“安静”策略就意味着乐手不必跟嘈杂的餐桌闲聊去争抢，想让自己被听到，并且大部分听众常常把音乐看成是对一顿豪华晚餐的气氛调节。这尤其令人羞愧，因为目前活跃的许多乐手在技术上已经炉火纯青。大卫·默里（David Murray）的次中音萨克斯和阿瑟·布莱斯（Arthur Blythe）的中音萨克斯，几乎无所不能；查理·海登（Charlie Haden）和弗雷德·霍金斯（Fred Hopkins）可以进入有史以来最伟大的贝斯手之列；托尼·威廉姆斯（Tony Williams）和杰克·德约翰特（Jack DeJohnette）是伟大的鼓手；约翰·希克斯（John Hicks）和威廉·亨德森是超一流的钢琴家。然而，即使有这样卓越的技术水准，爵士乐也不可能再达到帕克或柯川那个时代的兴奋度。柯川的那种“滑音”风格依然影响巨大，很多年轻乐手都能飙个十分钟的柯川式独奏——但却很难让人有感觉，而正是那种感觉，让大师和他那些杰出的门徒，比如法老桑德斯，名扬天下。听他们演奏，即使印象深刻，你也还是会忍不住要像莱斯特·扬那样反问：“好吧，伙计……你能不能给我唱首歌?”也许那就是为什么大家的注意力都集中在比波普和它的变体上。不管演奏得如何专业，现代版的比波普都缺乏那种让帕克和吉莱斯皮的每个音符都生气勃勃的探索感。比波普已经成为一种音乐程序，它的语法，在其后继者看来，就像“男孩把球扔出窗外”这句话那么简单。在四十年代，因为以前没有人像那样把球扔出窗外，所以听到有人反复那样干会很刺激。而现在那种举动自身已不再有吸引力。让比波普仍然有趣的是看球扔得多用力，看窗玻璃被砸成了多少块。在最佳情况下，今天的比波普乐手能让你看到玻璃碎片在空中飞舞，让你记住球在空中画出的漂亮弧线。如果是首慢歌，球则会被抛得无比温柔，玻璃颤抖，但完好无损。

*

在柯川的长长阴影下，比波普还能有何作为，这个问题只是当代爵士乐手面对的更大疑问的一部分，那便是：还会有新的重要作品产生吗？虽然诞生才刚刚一个世纪，但爵士乐的飞速发展让现在的听众和演奏者都有一种来晚了的感觉。无论我们是借用布鲁姆的说法，称之为“影响的焦虑”，还是更进一步，将其归入一种后现代状况，这些都无关紧要：重要的是爵士乐已经不可逃脱地被其传统所困住。的确，正如艺评家罗伯特·休斯（Robert Hughes）所看到的，“历史之根绵延不绝，当今艺术家的每个举动都要受到死者法庭的不懈审判”，这种对当代视觉艺术家不利的现象（休斯对此悲叹不已），同样也出现在今天的爵士音乐家身上。六十年代激进的爵士乐着力于突破传统，相反，八十年代的新古典主义则专注于肯定传统。但这种区分几乎在确立的同时就濒临崩溃。因为爵士乐的传统之一便是创新和即兴，爵士乐，可以这么说，当它大胆破旧立新的时候，就是它最传统的时候。别的艺术形式大多都致力于过去，而爵士乐总是在向前看，因此最激进的作品往往也是最传统的（奥奈特·科尔曼的音乐，被认为完全是“世纪之变”，却浸透着他在沃斯堡从小听到大的布鲁斯）。总之，任何方式的复古都注定要失败——那与爵士乐充满活力的本能相抵触——但现在爵士乐的发展却要靠它吸收过去的能力，越来越多的情况是，最勇于创新的作品，是能够在传统中发掘得最深最广的作品。这点上值得注意的是，过去的许多音乐家很年轻便作出了他们最重要最具革命性的贡献，而我们这个时代最创新的乐手都已年近四十。在大鸟和迪兹闹革命的时候，爵士乐还是一种年轻的音乐；而现在爵士乐已踏入中年，所以那些最能代表它的人也是一样。

比如莱斯特·鲍伊（Lester Bowie）和亨利·斯雷德吉尔（Henry Threadgill）。多年前，芝加哥艺术乐团——鲍伊是创始成员之一——就宣称要忠于“伟大的黑人音乐——从古老到未来”，而鲍伊在最近与“铜管狂想”（Brass Fantasy）一起合作的实验性不那么强的作品中，更是完全遵循了这一宗旨。鲍伊的小号涵盖了自阿姆斯特朗以来的整个小号史；从比莉·哈乐黛到萨德都是他的材料来源，无论是对当代流行乐还是对与芝加哥艺术乐团合作带来的表达自由，他都乐在其中。结果是一种大杂烩，然而不知为何，当他在音符的空间里移动——从情绪柔和到轻声发笑，到含糊不清，到号叫——产生了一种既虔诚又戏谑的效果——“严肃玩笑”，用他的话说。这再次遵循了传统：优秀的独奏会让乐队的其他成员微笑，伟大的独奏会让他们大笑。

鲍伊的精湛技艺以路易斯·阿姆斯特朗——他使爵士乐成了独奏者的艺术——为起点；斯雷德吉尔则向后退得更远，直到前阿姆斯特朗的新奥尔良时期，那时最首要的是乐队集体的声音。通常，一连串的独奏会连续达到兴奋的最高点，而斯雷德吉尔的独奏却并不比二重奏、三重奏或合奏团更突出，其音乐结构不断在乐器的各种组合间转换，并且这些乐器在六重奏中都很罕见：鼓和大提琴，大提琴和贝斯，鼓和鼓，鼓和小号，小号和贝斯和大提琴。他作品的复杂与稠密到了如此地步，最后产生的音乐让人感觉既受惠于学院的前卫派，也受惠于传统爵士乐。

如果说斯雷德吉尔和鲍伊体现了与传统的某种关系——通过他们对AACM（创新音乐家促进联合会）的共同参与，这种关系被扩展到了更大范围——另一种同样强有力的关系则是由马萨利斯兄弟，温顿和布兰福德，赋予的。自五十年代以来，爵士乐的发展步伐如此急促，任何一种创新的可能性才刚刚冒头，音乐已经赶向别的地方。因此某些表面上已经开拓过的领域，仍然有相当大的探索潜力，那就是温顿和布兰福德一直在做的事。温顿并没有自己独特的声音，至少在《庄严布鲁斯》（*The Majesty of the Blues*，一次颇具实验性的冒险）之前，他始终没有正式打破局面，只是将迪兹和迈尔斯的作品——以及声音——运用各种各样在波普鼎盛期之后才成为可能的科技手段（就像鲍伊的吼叫和含糊不清），使其走得比他们更远。从技术上说，马萨利斯无疑是有史以来最好的小号手之一，他的现场演出总是令人振奋。有人批评他只是在复制以前已有的东西，虽然我对此并不同意，但在聆听马萨利斯和乔恩·费迪斯（Jon Faddis）这样的名家时（后者将迪兹的作品带到了一个新的高度，几乎达到了它的生理极限），总还是有些疑虑会浮上心头。我之前说过，爵士乐的进化方式是在回答问题的过程中同时提出新的问题。费迪斯和马萨利斯兄弟提供了清晰而卓越的回答——但他们没有提出太多问题。

第三种潮流，与上述两种有关联但又截然不同，可以在这样一些音乐家的作品中发现，他们以“自由”或“活力”乐手的身份成名，但现在又返回到更传统的形式。像大卫·默里和亚奇·谢普，他们无须像柯川那样去为音乐自由而战（柯川去世时默里十二岁）；他们继承了自由爵士广阔的表达空间，正如柯川继承了比波普这一形式。如今，作为他们音乐**进步**的一部分，默里和谢普已经转回到更紧凑的形式，并将他们在自由和活力爵士时期的全副热情都投入其中。罗兰·柯克曾讥讽地说，只有在监狱里你才会欣赏自由。近年来大部分最好的爵士乐与其说放弃了自由，不如说在告诉我们如何更好地欣赏自由。

上面三者与过去间的重叠关系，八十年代后期最优秀的爵士乐全都有所涉及，其中最能说明这一点的乐队便是“领导者”（The Leaders），一个全明星组合，主要成员有莱斯特·鲍伊，阿瑟·布莱斯（Arthur Blythe），奇科·弗里曼（Chico Freeman），唐·莫伊（Don Moye），柯克·奈特斯（Kirk Lightsey），以及塞西尔·麦克比（Cecil McBee）。如果把整个爵士乐史卷成一个球，再压成一张唱片，最后产生的音乐也许就会很像“领导者”。

音乐在时间上的融合往往伴随着另一种同样强烈的倾向：音乐在地理上的融合。六十年代的音乐家明确地将越来越多的东方和非洲旋律——以及乐器——引入他们的音乐。拉丁和非洲爵士乐如今已是非常成熟的风格，但一些最富个性和创意的音乐嫁接仍然来自像法老桑德斯和唐·切瑞之类的乐手，是他们最早从非西方音乐中去汲取灵感〔可以听听桑德斯 1967 年的专辑《突赫德》（*Tauhid*）中的那首东方布鲁斯《日本》（*Japan*）〕。尤其是切瑞，似乎能在不断前进的创新中动用分量惊人的世界音乐。虽然他是作为奥奈特·科尔曼四重奏中的小号手，因自由爵士而成名，但他精通多种乐器，并对各种音乐类型——从雷鬼到马里或巴西的部落民间音乐——都游刃有余。而“解放乐团”（Liberation Music Orchestra）也许是世界上最壮观的大乐队，尽管并非永久存在，它由切瑞的长期伙伴，贝斯手查理·海登带领，他们借用西班牙内战时期的曲调和革命赞歌，创作出的音乐虽然充满了前卫即兴的精神，但仍对其源头保守着忠诚。

在爵士乐这种形式的边缘，如今出现了一些令人叫绝的作品，虽然，从任何狭义的角度说，它们几乎已经完全不是爵士乐。在世界音乐的缺口中，爵士乐在多重意义的转换融合上起到了决定性作用。在这方面，

《放牧梦想》（*Grazing Dreams*）是一张关键唱片，其中的主创有科林·沃尔科特（Collin Walcott），杨·葛柏瑞克（Jan Garbarek），自然还有唐·切瑞。而《沙克蒂》（*Shakti*），主创有印度小提琴手香卡（Shankar），打手鼓的扎卡·侯赛因（Zakir Hussain），和吉他手约翰·麦克劳科林（John McLaughlin），为我们提供了更具开拓性的前景。近年来贝鲁特的乌得琴（Beiruti oud）乐手拉比·阿布-哈里尔（Rabih Abou-Khalil），将爵士传统与阿拉伯音乐结合起来，制作了五六张无法归类的专辑，主创有像查理·马里亚诺（Charlie Mariano）这样的乐手，在音乐上他可谓四海为家。〔这里特别应该提到那些由马里亚诺与歌手R.A.拉麻玛尼（R.A. Ramamani）和印度卡纳塔克邦大学打击乐团一起录制的出色唱片。〕另一位来自突尼斯的顶尖乌得琴乐手，阿努阿尔·布拉罕（Anouar Brahem），可以在那张非凡的《牛角瓜》（*Madar*）里听到他与杨·葛柏瑞克飘逸而充满冥想的合作。这可能会是未来收获最丰、最具创新的探索领域。

这种合作大部分都发生在欧洲（尤其是德国），较之制造出自己的天才，欧洲似乎更擅长为美国音乐家提供富有感受力的听众，以至于它在这方面的作用常常显得更为重要。事实上，英国——让我们把焦点集中一下——出产了很多有影响的音乐家，他们足以跟世界上最优秀的乐手相抗衡〔我立即想到的就有贝斯手戴夫·霍兰（Dave Holland），上低音萨克斯手约翰·瑟曼（John Surman），吉他手约翰·麦克劳科林，以及小号手肯尼·惠勒（Kenny Wheeler）〕。然而，在英国本土，他们的成就几乎都没有得到充分的承认——或者，更确切地说，被新一代乐手的光芒掩盖了。比如萨克斯手寇特尼·派恩（Courtney Pine），安迪·谢泼德（Andy Sheppard），汤米·史密斯（Tommy Smith），以及斯蒂文·威廉姆森（Steve Williamson），全都在当代乐坛上给人留下了深刻印象，但要判断他们能否产生持久的国际冲击力——或者应该说，要判断目前对"什么都是爵士"的迷恋最终会不会只是昙花一现——还为时尚早。

不过，对于爵士乐创新，欧洲大陆最突出的贡献不在于演奏者，而在于唱片厂牌〔但这并不是要贬低某些音乐家——比如贝斯手埃伯哈德·韦伯（Eberhard Weber），小号手阿尔伯特·曼戈尔斯托夫（Albert Mangelsdroff），或萨克斯手杨·葛柏瑞克——的重要性〕。意大利的"黑圣徒"（Black Saint），德国的"明达"（Enja），以及丹麦的"障碍赛"（Steeplechase），都对很多一流音乐家给予了相当大的艺术自由度，很多作品在美国唱片工业日益商业化的环境下本来根本无法存活。然而，最重要的欧洲厂牌，无疑是曼弗雷德·艾切（Manfred Eicher）的 ECM（Editions of Contemporary Music，“当代音乐版本”）。就像五六十年代的厂牌“蓝调”（Blue Note）一样，ECM 渐渐形成了自己非常独特的声音，事实上它已经成了一种音乐风格的代表——尽管旗下有大量美国音乐家，但这种风格带有明显的欧洲感。[①]虽然有种不公正的评论，认为 ECM 出品的不过是略有活力一点的背景音乐——他们似乎忘了芝加哥艺术乐团和杰克·德约翰特一些最好的作品都是在 ECM 出的——但 ECM 的音乐确实在向一种现代主义的室内乐靠近，比如大卫·霍兰的大提琴独奏，拉尔夫·唐纳（Ralph Towner）的无伴奏吉他，当然还有基思·加勒特那多产的钢琴独奏。ECM 最有意思的一点就是它几乎完全卸下了历史的重负，也不存在影响的焦虑，而大部分其他的当代爵士乐都深受其累；最能充分体现这一点的莫过于加勒特。值得注意的是，加勒特是最欧洲化的美国音乐家，也是从西方古典音乐中受惠最深的（他为 ECM 录制过巴赫的《十二平均律》）。加勒特既是里

---

① 还应该指出的是，ECM 长期致力于为西方与非西方音乐及音乐形式间的交流搭建平台。比如说，由香卡、科林·沃尔科特、扎卡·侯赛因，以及纳纳·巴斯孔塞洛斯（Nana Vasconcelos）一起合作的那些杰出专辑。——原注

尔克和李斯特的传人〔里尔克《给俄耳甫斯的十四行诗》中有一首被放在那张壮丽的——并且，顺便提一下，完全非西方化的——专辑《灵魂》（*Spirits*）的唱片封套上〕，同时也是比尔·埃文斯或巴德·鲍威尔的传人，在他近期的大部分独奏作品中，对节奏和即兴毫不动摇的坚持——而不是跟蓝调有任何关联——是把他划入爵士乐传统的唯一理由。当加勒特处于最佳状态，各种类型的音乐在他作品中舒展漂流，却没有任何束缚感，没有努力要把那些截然不同的影响结合起来的刻意感。相反，他采用了自己独特的创造方式，让自己的思想尽可能地一片空白，而音乐似乎只是在吹拂着他。我们对斯雷德吉尔和鲍伊的享受，在一定程度上要依赖于我们的认识，认识到原来一份普通的音乐遗产是由如此不同的方面综合而成。而我们对加勒特的享受，则来自各种音乐奇妙的汇聚方式，由于加勒特的即兴天才，即使其中的那些源头显而易见，音乐的**本质**也会完全地展现出来，其原因似乎无法解释：神秘，永恒。

约翰·伯格曾在《立体派的时刻》（*The Moment of Cubism*）那篇文章中写道："在某个瞬间，一段音乐可以开启一条通往所有艺术本质的线索。"对于伯格所说的那种暗示力，对于"相比之前无数未被察觉的沉默，那瞬间的突兀"，在加勒特手指触及琴键的那一刻，我们能最强烈地感受到。尽管这样说可能有点夸张，但阿尔弗雷德·布伦德尔（Alfred Brendel）准备弹奏舒伯特时给人的感觉，也比不上加勒特准备即兴的那一刻，因为即使我们以前从未听过舒伯特，我们也知道自己正在目睹的是一种**重现**，而非创造；或者，换句话说，那让我们离斯坦纳的想象共和国又远了一步。令人惊叹的是，这种正在目睹创造性时刻的感觉，几乎不会随着加勒特音乐的继续而减弱。在加勒特那里，音乐创造的持续不断使伯格所指的“瞬间”被包含在演奏期间的每一秒。那就是为什么他的音乐有种自成一体的时间感，并能将我们如此亲密地吸入其中。或者更确切一点说，他的音乐对时间的影响就像下雪对声音的影响：以一种缺失取代显而易见的表象，而那种缺失要比普通习以为常的存在更令人震撼。[1]

---

① 这种雪 / 寂静的说法还让人想起不仅与加勒特有关的另外一点。除了与迈尔斯·戴维斯有过短暂的合作，加勒特一直坚定不移地致力于原声乐器，反对电子乐器。电子乐器自身便明确地与喧闹有关——并带有某种喧闹的性质。原声乐器自身则明确地与寂静有关——并带有某种寂静的性质。因此原声乐器总是显得更为纯净。对于这点，查理·海登的专辑《寂静》（*Silence*）中的标题曲〔与切特·贝克，恩里科·皮耶拉农奇（Enrico Pieranunzi），及比利·辛吉斯（Billy Higgins）合作〕，是一个精美的例证。——原注

6

加勒特与众不同，聆听他的感受也与众不同。而在其他各个方面，当代听众所面临的问题与当代乐手非常相似。今天当我们放起一张爵士乐唱片，再次引用布鲁姆的话，“只要有可能，我们就想听到一种独特的声音，如果那个声音跟它的前辈和同辈并没有什么区别，我们就会转而不再去听，不管那个声音有什么内容想说”。

就爵士乐而言，也许这种情况对于过去的大师，要比对当代乐手的适用性更强。豪尔赫·路易斯·博尔赫斯曾指出《尤利西斯》现在看来似乎要早于——因为我们先遇到它——《奥德赛》，以完全同样的方式，迈尔斯似乎要早于阿姆斯特朗，柯川似乎要早于霍金斯。通常，爱上爵士乐的人都是从某个点进入〔《忧郁的本质》（*Kind of Blue*）是常见的开始点，但也有越来越多的人是从约翰·佐恩（*John Zorn*）或寇特尼·派恩开始〕，然后再同时向前后探究。这实在令人羞愧，因为欣赏爵士乐的最佳方式是按时间次序来进行（当我们通过法老桑德斯的尖叫去听帕克，他似乎就不那么惊人了）。很多情况下，即使我们从未听过他们的唱片，我们也会在遇到的几乎每一首爵士乐里听见路易斯·阿姆斯特朗，莱斯特·扬，科尔曼·霍金斯，亚特·泰特姆，以及巴德·鲍威尔。所以，当我们有机会真的去听巴德·鲍威尔，反而很难看出他有什么特别：听上去他跟别的钢琴家很像（虽然其实我们想说的是别的钢琴家听上去很像巴德·鲍威尔）。这种与过去的关系也有好的一面，那便是对传统的深入挖掘也可以成为一次发现之旅，就跟前进探索一样：但不是顺流而下来到河口，而是向后溯其源头。往回走得越远，你就越能认出先辈那些特殊的个性；就像你看着一张曾祖父的照片，从他脸上认出你孙辈面貌特征的来源。

传统的影响持续不断，使过去那些大师在爵士乐的发展与演变中永存不朽。同时老唱片也被重新包装和数码化，在外表和音效上都被整旧如新；而今天爵士乐中最新颖的声音，是吸收过去传统最多的声音。观念的进与退，感觉的早与晚，梦想的新与旧，在永恒正午的光芒中，开始渐渐合二为一。

唱片参考目录

LESTER YOUNG: *The Lester Young Story* (CBS); *Pres in Europe* (Onyx); *Lester Leaps Again* (Affinity); *Live in Washington D.C.* (Pablo). Lester Young and Coleman Hawkins: *Classic Tenors* (CBS).

THELONIOUS MONK: *Genius of Modern Music Vols. 1 and 2* (Blue Note); *Alone in San Francisco; Brilliant Corners; With John Coltrane; Monk's Music; Misterioso* (Riverside); *The Composer; Underground; Monk's Dream* (Atlantic); *The Complete Black Lion/Vogue Recordings* (Mosaic Box Set).

BUD POWELL: *The Amazing Bud Powell Vols. 1 and 2; The Scene Changes; Time Waits* (Blue Note); *The Genius of Bud Powell; Jazz Giant* (Verve); *Time Was* (RCA).

BEN WEBSTER: *No Fool, No Fun: Makin' Whoopee* (Spotlite); *Coleman Hawkins Encounters Ben Webster; King of the Tenors* (Verve); *See You at the Fair* (Impulse); *At Work in Europe* (Prestige); *Ben Webster Plays Ballads; Ben Webster Plays Ellington* (Storyville); *Live at Pio's* (Enja);

Live in Amsterdam (Affinity).

CHARLES MINGUS: *Blues and Roots; The Clown; Live at Antibes; Oh Yeah; Pithecanthropus Erectus; Three or Four Shades of Blues* (Atlantic); *Tijuana Moods* (RCA); *The Black Saint and the Sinner Lady; Charles Mingus Plays Piano* (Impulse); *Ah-Um* (CBS); *At Monterey; Portrait* (Prestige); *Abstractions; New York Sketchbook* (Affinity): *Complete Candid Recordings* (Mosaic Box Set); *In Europe Vols. 1 and 2* (Enja); *Live in Châteauvallon; Meditation* (INA).

CHET BAKER: *Chet; In New York; Once Upon a Summertime* (Riverside); *Complete Pacific-Live and Studio-Jazz Recordings with Russ Freeman* (Mosaic Box Set); *Chet Baker and Crew* (Pacific); *When Sunny Gets Blue* (Steeplechase); *Peace* (Enja). Chet Baker and Art Pepper: *Playboys* (Pacific).

ART PEPPER: *Live at the Village Vanguard* (Thursday, Friday and Saturday); *Living Legend; Art Pepper Meets the Rhythm Section, No Limit: Smack Up, The Trip* (Contemporary); *Today, Winter Moon* (Galaxy); *Modern Art, The Return of Art Pepper* (Blue Note); *Blues for the Fisherman* (Mole-released as Milcho Leviev Quartet).